插图本中国古典文学丛书

# 明清小说

陈虎／主编

张强／著

河北出版传媒集团

河北教育出版社

**图书在版编目（CIP）数据**

明清小说 / 张强著 ；陈虎主编 . -- 石家庄 ：河北教育出版社，2022.3
（插图本中国古典文学丛书）
ISBN 978-7-5545-6948-1

Ⅰ. ①明… Ⅱ. ①张… ②陈… Ⅲ. ①古典小说－小说研究－中国－明清时代 Ⅳ. ① I207.41

中国版本图书馆 CIP 数据核字(2022)第 022382 号

书　　名　明清小说
　　　　　MINGQING XIAOSHUO
主　　编　陈　虎
作　　者　张　强

策　　划　刘贵廷　王书华
责任编辑　李文劼
装帧设计　郝　旭
出　　版　河北出版传媒集团
　　　　　河北教育出版社　http://www.hbep.com
　　　　　（石家庄市联盟路705号，050061）
印　　制　保定华升印刷有限公司
开　　本　880毫米×1230毫米　1/32
印　　张　7.125
字　　数　135千字
版　　次　2022年3月第1版
印　　次　2022年3月第1次印刷
书　　号　ISBN 978-7-5545-6948-1
定　　价　38.00元

# 总　序

汉字是世界上最古老、最悠久的一种语言文字，也是世界文明园地中表现力最丰富的一种交流工具。用这种最富表现力的工具作为载体的中国古代文学，也就必然具有与世界其他文学样式所不同的思想、艺术特征。由于中国社会是带着强烈的人文、理性色彩进入阶级社会的，所以在此土壤中生长出来的各种文化因素都无一例外地带有其鲜明的本质特征。中国的古代文学也不例外，她作为世界上最悠久的文学样式之一，带着鲜明的人文色彩和理性精神，经历了三千多年的持续发展历程，以其辉煌的成就，已成为中国传统文化中一支散发着奇异馨香的奇葩，成为全人类文化遗产中的艺术瑰宝。

产生于浓厚人文、理性色彩这一肥沃土壤中的中国古代文学，极为重视文学作品的思想性，强调文以载道的教化作用，所以在内容上偏重于政治和伦理道德主题。将文学视为政治的附庸和说教，一直被当作一种无可非议的价值倾向。所以，君臣的遇合、民生的苦乐、宦海的浮沉、战争的胜败、国家的兴亡、人生的聚散、纲常的序乱、伦理的向背等，一直是中国古代文学的主旋律，无论是诗歌、散文、小说还是戏曲，大都如此。这一方面使得中国古代文学蕴含着浓郁的政治热情、进取精神和社会使命感，另一方面又强烈地抑制了古代文人自我情欲的释放、自由个性的迸发以及自我意识的开掘，尤其是“存天理、灭人欲”的社会观念的束缚，使中国古代文学完全被笼罩在了理性主义的烟霭之中。从春秋战国时期如处子、名媛般的《诗经》《楚辞》，汉魏六朝的丰碑巨制，唐诗、宋词的不朽咏唱，悲怆倾诉的元曲，一直到明清时期的人生画卷，无不表现了先哲先贤们对社会、对国家、对民族的激越情怀，以及对宇宙世界的无限期待，从中透露着千古风流人物的奋斗历程，以生动而具象的形式体现了中国文化的基本精神和中华民族的文化心理特征，广泛而深刻地反映着中国传统文化其他部分的内容，使人们深切地领略到了中华民族文化的博大久远。这是我们中华民族的骄傲，更是我们民族赖以凝聚、发展、强盛的巨大能源所在。

作为中国传统文化中最重要、最具活力的组成部分，中国古代文学又生动而深刻地体现着中国文化的基本精神，对现代中国乃至世界文明的发展都产生了广泛而深远的影响。唐诗、宋词中的名篇警句至今脍炙人口，元杂剧、明清小说中的故事、人物至今家喻户晓，其中所蕴含的审美功能和认识功能历久弥新。因此，中国古代文学作为中国传统文化中最容易为现代人理解、接受的一种文化形态，是现代人与传统文化之间实现沟通的最直接的桥梁，也是世界其他文化背景下的人们了解中国文化的最佳窗口。

在科学技术迅猛发展的当代社会，人们的生活、观念正发生着巨大而深刻的变革，面对纷至沓来的现代科技和汹涌而至的各种思潮，人们仍能深切地感受到中国传统文化无所不在的巨大力量。人们渴望了解这种无形的力源，于是，绚丽多姿的中国古代文学就成了人们首要的注目之所。但由于各种原因所致，以往有关中国古代文学的诸多著作物，基本上都是写给那些从事专业研究者的，其中承载了过于厚重的道德和伦理内涵，因而理论性太强，显得生硬枯燥，将文学史上生动活泼、充满人间喜怒哀乐的鲜活笼罩在了黑厚的布幕之下。通过这些厚重的学术著作，人们根本无法了解鲜活、丰润的中国古代文学。而那些林林总总的古代诗、文选译本，又显得过于割裂和琐碎，读者很难从中领略中国古代文学活脱的发展脉络。因此可以说，目前社会上很难找到适合于普通读者需要的有关中国古代文学的趣味性读物，于是我们策划了这套《插图本中国古典文学丛书》。丛书共十本，是面向具有中等以上文化程度的读者介绍中国古代文学基本知识的图文并茂的大众普及性读物，主要内容包括按照历史发展线索，介绍中国古代文学体裁方面的基本知识，以及相关作家、作品对其产生的影响等，基本涵盖了传统学术话语里中国古代文学中最精彩、最具吸引力而又最为人们喜闻乐见的内容。

陈虎

2021年6月

# 目　录

## 壹　明清通俗小说与世俗社会



## 贰　话本与“说话”及“拟话本”



## 叁　从讲史到世情：明“四大奇书”略论

# 壹

# 明清通俗小说与世俗社会

明清通俗小说是指与文言相对的白话体小说，有长篇和短篇之分。

明清通俗小说的上源是话本。话本产生于市井，是承担市民阶层及社会底层思想情绪的载体形式。从历时的角度看，这一文体不但改变了中国文学的秩序，而且以独特的文化品质及政治诉求冲击着专制统治者设下的思想樊篱，为书写世俗世界的真实面目提供了更为真实可信的史料。

## （一）政治环境与通俗小说

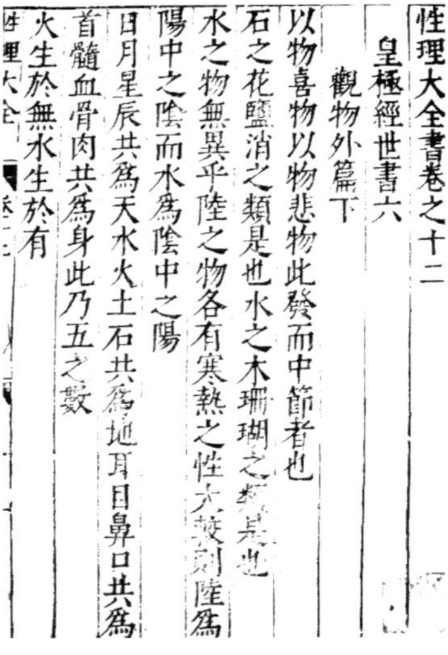
性理大全書卷之十二
皇極經世書六
觀物外篇下
以物喜物以物悲物此發而中節者也
石之花鹽消之類是也水之木珊瑚之類是也
水之物無異乎陸之物各有寒熱之性大較則陸爲
陽中之陰而水爲陰中之陽
日月星辰共爲天水火土石共爲地耳目鼻口共爲
首髓血骨肉共爲身此乃五之數
火生於無水生於有

◎ 明版《性理大全》书影
（新安吴勉学刻）

明清通俗小说是在专制统治的夹缝中求生的。

朱元璋建立明王朝以后，为厘定政治秩序，特别注意扼杀思想领域中的异端思想。在这一过程中，通俗小说遂成为专制统治者扼杀的对象。具体地讲，为了加强控制社会群体思想的力度，朱元璋采取了三个举措：一是大力提倡程朱理学；二是制定了以“五经”

为科举取士之本的政策；三是通过行政手段将编纂的《大诰》《大诰续编》《大诰三编》等分发到百姓的手中。这三个举措既确定了立国思想的政治基础，同时通过这些手段将钳制社会群体思想的做法推行到城市乡村的每一个角落。明成祖朱棣登基后，延续朱元璋既定的思想路线，通过编写《四书大全》《五经大全》《性理大全》等，进一步强化了程朱理学在思想界的统治地位。

清人入关后，政治上虽然没有新的建树，但通过大兴文字狱，全面继承了明王朝的“诛心术”，在这一背景下，程朱理学成为明清两代专制文化思想的本根。

明清两代，专制统治者为了达到以程朱理学安排政治秩序和社会秩序的目的，特意宣布了一系列禁毁小说的律令[1]。出现这样的情况并不奇怪，当专制统治者试图以程朱理学禁锢人心时，通俗小说以特有的视角叙述人生和批判现实，对现存的政治秩序提出了质疑。从这一意义上讲，通俗小说表达的思想情绪是对专制正统思想的反动，在一定程度上动摇了专制正统思想的根基。

这一时期，通俗小说主导文学的走向是以社会经济发展为前提的。明中叶以后，江南运河城市工商业的迅猛发展，为市民阶层提出新的政治诉求和文化诉求奠定了坚实的基础。为了

---

[1] 参见王利器辑录《元明清三代禁毁小说戏曲史料》，上海古籍出版社1981年版。

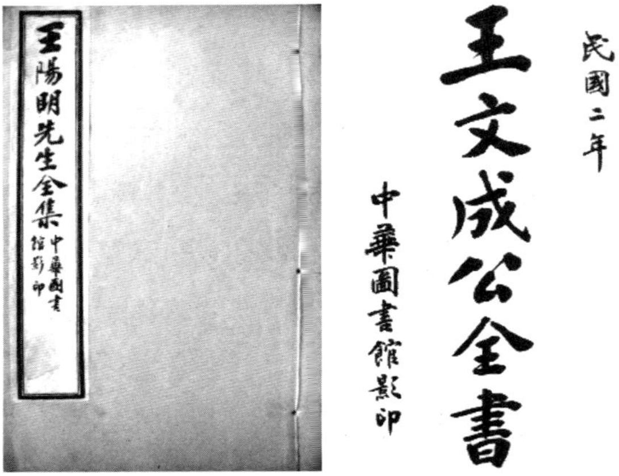


◎《王阳明先生全集》书影
（1913年中华图书馆影印本）

冲破文化专制的罗网，一些思想家将矛头指向了文化专制的基础——程朱理学。如为了彻底地批判朱熹“存天理，灭人欲”的理学要义，王阳明提出了“心外无理”“知行合一”“致良知”的“心学”思想。稍后，王畿、王艮为首的“泰州学派”通过继承王阳明的思想，成为“心学”的第二代传人[1]。凭借运河在文化传播中的优势，王畿、王艮等批判程朱理学、反对“贱商”的思想很快得到手工业者、商人及市民阶层的认同。

[1] 泰州学派中的一些成员是否都出自王阳明的门下，学术界有不同的看法。如葛兆光认为：“以后的很多王学极端主义的学人，无论是否出自这二王的门下，但都以对当时遵奉的历史传统与社会秩序的抨击和瓦解为目标，他们把俗人与圣人、日常生活与理想境界、世俗情欲与心灵本体彼此打通，肯定日常生活与世俗情欲的合理性，把心灵的自然状态当成了终极的理想状态，也把世俗民众本身当成圣贤，肯定人的存在价值和生活意义。”（葛兆光《中国思想史》第2卷，复旦大学出版社2001年版，第317页）

◎ 李贽

再后，自称是“泰州学派”的第三代传人的李贽[1]，公然为市民张目。李贽（1527—1602），号卓吾，又号宏甫，明代著名的思想家。为批判“咸以孔子之是非为是非”的观点，揭露程朱理学“弃利取义”的虚伪性，李贽指出：“夫《六经》《语》《孟》，非其史官过为褒崇之词，则其臣子极为赞美之语。又不然，则其迂阔门徒，懵懂弟子，访忆师说，有头无尾，得后遗前，随其所见，笔之于书。后学不察，便谓出自圣人之口也，决定目之为经矣，孰知其大半非圣人之言乎？纵出自圣人，要亦有为而发，不过因病发药，随时处方，以救此一等懵懂弟子，迂阔门徒云耳。药医假病，方难定执，是岂可遽以为万世之至论乎？然则《六经》《语》《孟》，乃道学之口实，假人之渊薮也，断断乎其不可以语于童心之言明矣。”[2]以此为逻辑起点，李贽热情地赞扬了小说、戏曲等通俗文学：“天下之至文，未有不出于童心

[1] 李贽《续藏书》卷二十一：“心斋之子东崖公，贽之师。东崖之学，虽出自庭训，然心斋先生在日，亲遣之事龙溪于越东，与龙溪之友月泉老衲矣，所得更深邃也。东崖幼时，亲见阳明。”（《李贽文集》第4卷，社会科学文献出版社2000年版，第488页）

[2] 李贽《焚书·童心说》，《李贽文集》第1卷，社会科学文献出版社2000年版，第93页。

焉者也。苟童心常存，则道理不行，闻见不立，无时不文，无人不文，无一样创制体格文字而非文者。诗何必古选，文何必先秦。降而为六朝，变而为近体；又变而为传奇，变而为院本，为杂剧，为《西厢记》，为《水浒传》，为今之举子业，皆古今至文，不可得而时势先后论也。”[1]在李贽眼里，《西厢记》《水浒传》之所以成为“古今至文”，是因为这些作品出于“童心”，是真性情的自然流露。

站在普通民众的立场，李贽指出：“穿衣吃饭，即是人伦物理；除却穿衣吃饭，无伦物矣。”[2]李贽的言论打破了套在新兴阶层（主要是市民阶层）身上的枷锁，这一追求自由的思想精神完全超出了专制政治秩序允许的范围，为此，李贽受到统治阶级利益集团的严厉打击和人身迫害。然而，在王阳明“心学”的指引下，李贽等人的思想迅速地传播到各地，并立即在出现资本主义萌芽因素的运河城市落地生根。李贽思想之所以能在运河城市得到认可，是因为其主张在继承王阳明、王畿、王艮等思想衣钵的过程中，为打破“贱商”的传统提供了思想依据，与此同时，文人与商人之间的密切交往则开始产生新的文化需求。

---

[1] 李贽《焚书·童心说》，《李贽文集》第 1 卷，社会科学文献出版社 2000 年版，第 92 页。
[2] 李贽《焚书·答邓石阳》，《李贽文集》第 1 卷，社会科学文献出版社 2000 年版，第 4 页。

明初,《三国演义》《水浒传》向世人宣告了通俗长篇小说走向成功。稍后,《西游记》以浪漫的笔调拓展了小说题材,加强了讽喻现实的成分。明末,《金瓶梅》将叙述重点转向世俗,通过暴露和批判改变了通俗长篇小说叙事方式。在明“四大传奇”(《三国演义》《水浒传》《西游记》《金瓶梅》)的指引下,通俗长篇小说的创作出现了空前的繁荣。如在延续历史演义、英雄传奇、神魔小说、世情小说开创的文学传统时,明末清初,又出现了才子佳人小说、杂糅小说(指在小说创作中,充分吸收历史演义、英雄传奇、神魔小说、世情小说创作元素而形成的新题材)等题材。这些新题材的出现既表明小说家不满足于现存的小说秩序在努力地拓展审美需求的空间,同时也动摇了正统文学既定的文化秩序,承担起社会下层群体的文化诉求。在这一过程中,文学艺术的商品化为迎接通俗小说走向辉煌提供了前所未有的动力。

曹雪芹《红楼梦》的问世是通俗小说创作中的一件大事。鲁迅先生指出:“自有《红楼梦》出来以后,传统的思想和写法都打破了。”[1]受《红楼梦》的影响,通俗小说创作迎来了前所未有的繁荣。据统计,从1901年到1911年,通俗长篇小说

---

[1] 鲁迅《中国小说的历史的变迁》,《鲁迅全集》第9卷,人民文学出版社1981年版,第338页。

有五百多部问世[1]。它给我们的启示是，通俗小说创作走向繁荣既动摇了诗文在文学中的正统的地位，同时也给文学面向现实增添了新的内容。可以说，通俗小说以贴近人生为己任，直接对现存的社会秩序提出了批判，从新的视角描绘了丰富多彩的社会画卷。

鸦片战争以后，民族危机日益深重。在面向西方探索强国之路的过程中，一批有识之士注意到小说在西方文化启蒙中

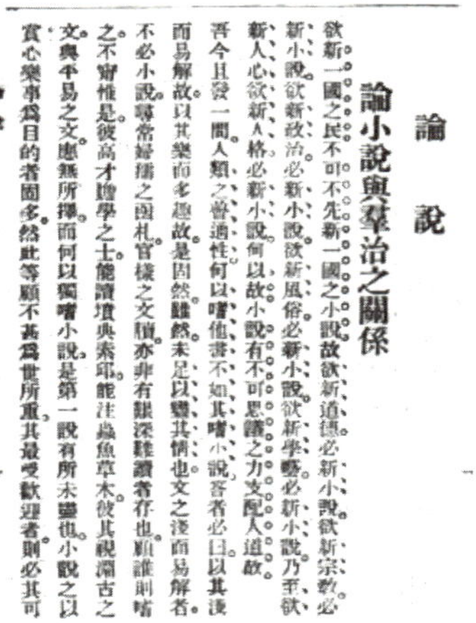

論說

論小說與羣治之關係

欲新一國之民。不可不先新一國之小說。故欲新道德。必新小說。欲新宗教。必新小說。欲新政治。必新小說。欲新風俗。必新小說。欲新學藝。必新小說。乃至欲新人心。欲新人格。必新小說。何以故。小說有不可思議之力支配人道故。

吾今且發一問。人類之普通性。何以嗜他書不如其嗜小說。答者必曰。以其淺而易解故。以其樂而多趣故。是固然。雖然。未足以盡其情也。文之淺而易解者。不必小說。尋常婦孺之函札。官樣之文牘。亦非有艱深難讀者存也。顧誰則嗜之。不甯惟是。彼高才贍學之士。能讀墳典索邱。能注蟲魚草木。彼其視淵古之文。與平易之文。應無所擇。而何以獨嗜小說。是第一說有所未盡也。小說之以賞心樂事爲目的者固多。然此等顧不甚爲世所重。其最受歡迎者。則必其可

論說　一

◎ 梁启超《论小说与群治之关系》书影
（光绪二十八年《新小说》第一号）

---

[1] 参见江苏省社会科学院明清小说研究中心编《中国通俗小说总目提要》，中国文联出版公司 1990 年版。

的作用。为了推动变革，以梁启超为代表的维新改良派提出了以“小说”为先导进行改良的思想主张。在这一文化背景下，梁启超打出“小说界革命”的大旗，通过《译印政治小说序》（1898）、《论小说与群治之关系》（1902）等一系列纲领性文件强调了通俗小说在文化思想启蒙中的特殊意义。受其影响，晚清小说家用冷峻的眼光、济世的情怀书写了中国古典小说的最后辉煌。

## （二）通俗小说商品化的进程

自汉代开创以经治国的历史以后，儒家学说开始成为文学担当的价值尺度。在这一知识背景下，文学作为“载道”或“明道”的工具与“盖文章，经国之大业”（曹丕《典论·论文》）紧密地包裹在一起。

在“诗言志”的作用下，依附经学的诗文成为文学的主流。与此同时，小说被贬为“小道”，受到士大夫的轻视和诋毁。如班固指出：“小说家者流，盖出于稗官。街谈巷语，道听途说者之所造也。”[1]又如明代田汝成视《水浒传》为“变诈百端，坏人心术”的作品，进而用“子孙三代皆哑，天道好坏之报如此”[2]的恶毒语言攻击作者。这一思想认识在一定的

[1] 班固《汉书·艺文志》，中华书局 1962 年版，第 1745 页。
[2] 田汝成《西湖游览志余》，上海古籍出版社 1980 年版，第 468 页。

程度上打击了人们从事创作通俗小说的热情，甚至一些有意以小说为载体诉说胸中块垒的读书人都不敢署上真实的姓名，如《金瓶梅》署“兰陵笑笑生”，兰陵笑笑生究竟是何许人？至今无法搞清楚。从这一意义上讲，通俗小说家之所以隐去姓名，是因为害怕统治者用儒家价值尺度来评判作品，害怕受到不公正的待遇。

当统治者恶声恶语地讨伐通俗小说时，一些思想先行者开始对以经学及程朱理学评价或衡量通俗小说的价值尺度提出质疑。如李贽评价《水浒传》时指出：“《水浒传》者，发愤之所作也。”[1]袁宏道亦指出：“里中有好读书者，缄嘿十年，忽一日拍案狂叫曰：‘异哉！卓吾老子吾师乎！’客惊问其故，曰：‘人言《水浒传》奇，果奇。予每检“十三经”或“二十一史”，一展卷，即忽忽欲睡去，未若《水浒》之明白晓畅，语语家常，使我捧玩不能释手也。若无卓老揭出一段精神，则作者与读者千古俱成梦境。”[2]先且不论《水浒传》的价值是否真的超过“十三经”“二十一史”，但这一观点表明通俗小说受到人们的普遍关注。清代学者钱大昕叙述通俗小说的魅力时写道：“小说演义之书，未尝自以为教也，而士大夫、农、

[1] 李贽《读〈忠义水浒全传〉序》，陈曦钟、侯忠义、鲁玉川辑校《水浒传会评本》，北京大学出版社1981年版，第28页。
[2] 袁宏道《东西汉通俗演义序》，丁锡根《中国历代小说序跋集》，人民文学出版社1996年版，第882—883页。

工、商、贾，无不习闻之，以至儿童、妇女不识字者，亦皆闻而如见之，是其教较之儒释道而更广也。”[1]很显然，重新认识和肯定通俗小说的审美价值已成为不可阻挡的时代潮流。如金圣叹将《水浒传》列在《庄子》《离骚》《史记》和杜诗之后，称其为“第五才子书”[2]。又如毛宗岗评点《三国志通俗演义》时写道：“《三国》叙事之佳，直与《史记》仿佛，而

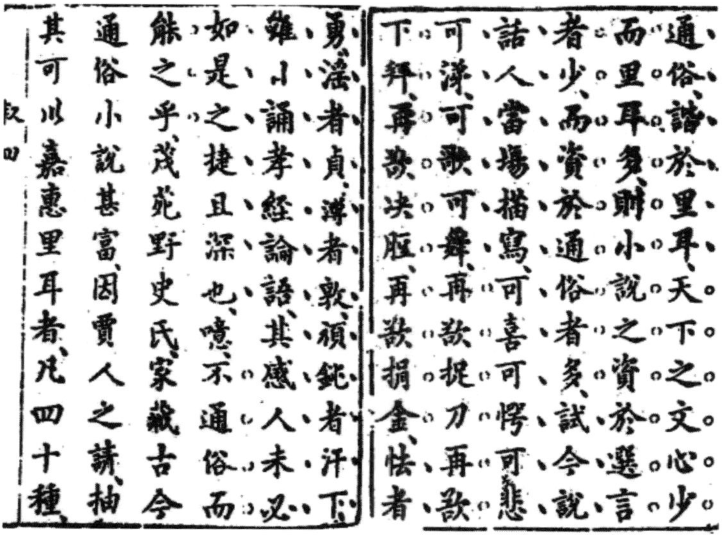
通俗諧於里耳天下之文心少
而里耳多則小説之資於選言
者少而資於通俗者多試令説
話人當場描寫可喜可愕可悲
可涕可歌可舞再欲捉刀再欲
下拜再欲決脰再欲捐金怯者
勇淫者貞薄者敦頑鈍者汗下
雖小誦孝經論語其感人未必
如是之捷且深也噫不通俗而
能之乎茂苑野史氏家藏古今
通俗小説甚富因賈人之請抽
其可以嘉惠里耳者凡四十種
叙四

◎（明）冯梦龙《喻世明言·叙》书影
（明天许斋刊本，日本内阁文库藏）

[1] 钱大昕《潜研堂文集》卷十七，《嘉定钱大昕全集》第 9 册，江苏古籍出版社 1997 年版，第 272 页。
[2] 参见金圣叹《第五才子书施耐庵水浒传》，陆林辑校整理《金圣叹全集》第 3 册，江苏凤凰出版社 2008 年版。

其叙事之难，则有倍难于《史记》者。”[1]这些观点都表明，通俗小说正以不可阻挡之势反拨已有的文学秩序。几乎是与此同时，小说家以前所未有的姿态为通俗小说辩护。如冯梦龙写道：“试令说话人当场描写，可喜可愕，可悲可涕，可歌可舞；再欲捉刀，再欲下拜，再欲决脰，再欲捐金；怯者勇，淫者贞，薄者敦，顽钝者汗下。虽日诵《孝经》《论语》，其感人未必如是之捷且深也。噫，不通俗而能之乎？”[2]通俗小说迅速地走向繁荣极大地动摇了正统诗文的地位。

从另一个层面看，明清通俗小说走向繁荣，实际上是由混迹于下层社会的文人和书坊主人（书商）共同开创的。继明代中叶书商刊刻《三国演义》《水浒传》等通俗长篇小说以后，一些生活在社会下层的文人在书商的鼓励和支持下投身于小说创作。为追求商业上的利益，文人与书商结合在一起，不但加快了通俗小说创作的速度，而且繁荣了小说市场。毛庆臻记载道：“乾隆八旬盛典后，京版《红楼梦》流衍江浙，每部数十金。至翻印日多，低者不及二两。其书较《金瓶梅》愈奇愈热，巧于不露，士夫爱玩鼓掌。”[3]蒋敦艮亦记

[1] 毛宗岗《读三国志法》，刘世德、郑铭点校《三国志演义》，中华书局 1998 年版，第 21 页。

[2] 冯梦龙《喻世明言·叙》，许政扬校注《喻世明言》，人民文学出版社 1958 年版，第 1 页。

[3] 毛庆臻《一亭考古杂记》，一粟编《古典文学研究资料汇编·红楼梦卷》，中华书局 1963 年版，第 357—358 页。

道："曩游禾郡，见书肆架上有抄本《金瓶梅》一书，读之与俗本迥异……书贾索值五百金，乃谋诸应观察以四百金购得之。"[1]在书坊主人介入小说市场之前，小说抄本价格高得惊人，书商加入到刻印市场后，小说价格陡然下降。尽管如此，即使是一部《红楼梦》卖不到二两银子，依旧有很大的利润空间。如清代永折漕粮每石的价格是五到八钱白银，如果以"低者不及二两"计算的话，那么，一部《红楼梦》的刻本起码可以买二石粮食。《清史稿·食货志三》云："漕运初悉仍明旧，有正兑、改兑、改征、折征。此四者，漕运本折之大纲也……折征之目有四：曰永折，曰灰石米折，曰减征，曰民折官办。永折漕粮，山东、河南各七万石，石折银六钱、八钱不等；江苏十万六千四百九十二石有奇，石折银六钱不等；安徽七万五千九百六十一石有奇，石折银五钱至七钱不等；湖北三万二千五百二十石，湖南五千二百十有二石各有奇，石均折银七钱。"[2]因小说的利润空间极大，书坊主瞄准小说刻印和销售的热点，起到推动通俗小说传播的作用。

通俗小说的商品化，促成了职业通俗小说作家的诞生。在文人与书商的结合过程中，出现了一批历史上最早的专业创作队伍。其中，直接署名的有陈继儒、冯梦龙、凌濛初、李渔

[1]　蒋敦艮《绘图真本金瓶梅序》，侯忠义、王汝梅编《金瓶梅资料汇编》，北京大学出版社 1985 年版，第 470—471 页。

[2]　赵尔巽等撰《清史稿·食货志三》，中华书局 1976 年版，第 3566 页。

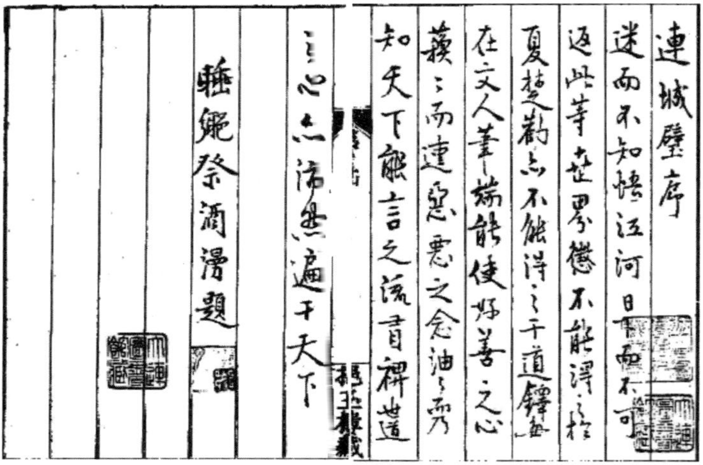
連城璧序
迷而不知悟江河日下而不可
返此等[illegible]懲不能[illegible]
夏楚勸亦不能[illegible]千道[illegible]
在文人筆端能使好善之心
[illegible]々而遠惡惡之念油々而
知天下能言之流青稗世道
之心亦[illegible]遍于天下
睡鄉祭酒漫題

◎ 睡乡祭酒《连城璧 · 序》，（清）李渔《连城璧》书影
（大连图书馆藏清初抄本）

等。一般认为，冯梦龙、凌濛初之后，拟话本（短篇通俗小说）的重要作家是李渔。他的《连城璧》与《十二楼》被认为是“三言二拍”之后最有影响力的通俗小说集。在通俗小说商业化运作的过程中，插图小说成了新卖点。从最初的上图下文，到后来的或单面整幅，或一幅双面，或一页两图，或正面插图反面诗文，或文中嵌图，书坊主人为了吸引社会群体的注意力可谓是在不断地翻新花样。可以说，正是有了这种形式上的追求，通俗小说才在更广泛的范围内得到传播。

## （三）世俗历史的真实写照

通俗小说是一种叙述性文体，善于讲述以人为主要场景的故事。与抒情类作品相比，通俗小说在细腻地描绘现实、关注社会细微变化等方面具有优势。当这一优势与小说家精心结构的情节拧结在一起时，通俗小说遂承担起全面反映世俗世界风貌的历史责任。

在宋元话本的哺育下，在通俗小说的大家族中出现了以《三国演义》《水浒传》《西游记》为代表的鸿篇巨制。从表面上看，这些小说更多地与叙述历史相关，但小说家的思想情感却与现实有密切的关系。仅以《西游记》为例，从表面上看，小说叙述道士祸国殃民的情节离现实甚远，然而，如果联系到明世宗宠幸道士，封道士邵元节为礼部尚书、道士陶仲文为少保礼部尚书的事实，那么，不难发现吴承恩选择这一情节是在影射和批判现实。像这样的例子比比皆是。如唐僧师徒四人历经八十一难后，因没有给“人事”，取回的真经竟是一卷卷白纸。以此联系明代官场日益贪腐的现象，这一情节实际上是以现实为依据的。《西游记》是一部“神魔小说”[1]，一般认为，神魔小说远离现实。然而，远离现实的小说尚且能深切

[1]　鲁迅《中国小说史略》，《鲁迅全集》第9卷，人民文学出版社1981年版，第161页。

地反映现实、关注现实，具有强烈的批判精神，更何况离现实更近的历史演义、英雄传奇呢！

明中叶以后，江南城市、沿海城市、运河沿岸城市开始出现资本主义萌芽的因素。马克思政治经济学认为，资本主义产生的两个前提条件是在繁荣商品经济的基础上，一是出现原始资金的积累，二是出现自由的劳动力市场。在这中间，织布业的率先发展为打破旧有的生产方式。马克思和恩格斯指出："织布业是工场手工业的第一个行业，而且一直是其中最主要的行业。随着人口增长而增长的对衣着用布的需求，由于流通加速而开始自然形成的资本的积累和运用，以及由此产生的并受到商业逐渐扩大的刺激而日益增长的对奢侈品的需求，——所有这一切都推动了织布业在数量上和质量上的发展，使它脱离了旧有的生产形式。"[1]世界资本主义的发生是从纺织业开始的，中国自然不能例外。明人张翰《松窗梦语》有这样一段记载：张翰先祖由经营酿酒业改营纺织业获利后，不断增添织机，从而经营起一个有织机二十余张的手工工场。这一史实告诉我们，在商品经济的刺激下，劳动力从自然经济的束缚中走出来，为机户出资、机工出力奠定了基础。进而言之，机户——手工业工场主（资本家的前身）通过积累资金，不断地对生产规模进行投资，开始形成了扩大简单再生产的能力。在

[1] 马克思和恩格斯《费尔巴哈》，《马克思恩格斯选集》第1卷，人民出版社1972年版，第61—62页。

这一时间段上，以纺织业为代表的手工工场通过其优先发展不但动摇了自然经济结构体系的根基，而且其规模化的生产还加速了农业与手工业的分离进程。

劳动力市场的形成以及工商业的发达，为城市的扩张带来了新的机遇。当大量的农业人口积极地从事工商活动时，其结果必然会带来从业人员身份的变化，进而推动商业繁荣。这些内容在通俗小说中有十分生动的记载和反映。如拟话本《施润泽滩阙遇友》描绘江南水乡盛泽镇商品经济的盛况时写道：“说这苏州府吴江县，离城七十里，有个乡镇，地名盛泽，镇上居民稠广，土俗淳朴，俱以蚕桑为业。男女勤谨，络纬机杼之声，通宵彻夜。那市上两岸绸丝牙行，约有千百余家，远近

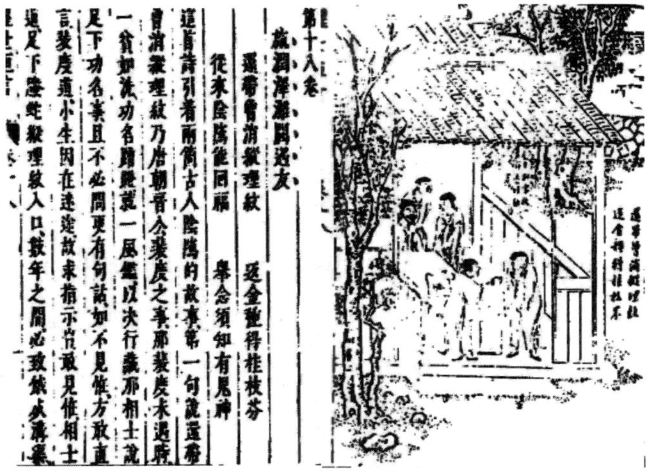
第十八卷
施潤澤灘闕遇友
還帶曾消縱理紋　還金堪得桂枝芬
從來陰隲能回禍　舉念須知有鬼神
這首詩引著兩箇古人陰隲的故事第一句說還帶
曾消縱理紋乃唐朝晉公裴度之事那裴度未遇時
一貧如洗功名蹭蹬就一風鑑以決行藏那相士說
足下功名事且不必問更有句話如不見怪方敢直
言裴度道小生因在迷途故求指示豈敢見怪相士
道足下縱理紋入口數年之間必致餓死溝壑

◎（明）冯梦龙《醒世恒言》书影
（明叶敬池刻本，日本内阁文库藏）

村坊织成绸匹，俱到此上市。四方商贾来收买的，蜂攒蚁集，挨挤不开，路途无伫足之隙；乃出产锦绣之乡，积聚绫罗之地。江南养蚕所在甚多，惟此镇处最盛。”[1]盛泽镇实际上是中国近代都市形成过程中的一个缩影，通俗小说为真实地反映历史提供了第一手的资料。

商品经济的发展和繁荣与壮大市民队伍提供了先决条件，市民作为阶级社会的新生力量，其活动必然会带来价值观上的变化，必然会冲击旧有的文学观念。在阅读巴尔扎克《人间喜剧》的系列小说后，恩格斯写下了这样的感想：“在这幅中心图画的四周，他汇集了法国社会的全部历史，我从这里，甚至在经济细节方面（如革命以后动产和不动产的重新分配）所学到的东西，也要比从当时所有职业的历史学家、经济学家和统计学家那里学到的全部东西还要多。”[2]同样，《金瓶梅》也为人们认识中国十六七世纪的历史提供了最生动形象的文字说明。当西门庆以清河为中心，把他的触角伸向运河沿岸的城市，伴随其商业船队的行进，不难看到一个又一个繁华的商业都市，不难看到商品经济的繁荣对专制政权的腐蚀和瓦解作用。在这中间，兰陵笑笑生似乎不太关心西门庆如何使财富增殖的过程，而是通过叙述西门庆由商而官、亦官亦商的经历，

---

[1] 冯梦龙编，顾学颉校注《醒世恒言》，人民文学出版社1956年版，第339页。
[2] 恩格斯《致玛·哈克奈斯》，《马克思恩格斯选集》第4卷，人民出版社1972年版，第463页。

将笔墨关注的重点放到西门庆勾结官府、用金钱美女打倒统治集团的上层人物的过程。

它给人的启示是，作家不愿意在一般意义上对官场的黑暗与腐败作谴责，似乎更愿意在平静、客观的语言叙述中全方位地审视专制社会后期在金钱的腐蚀下道德沦丧的全过程。郑振铎先生指出："《金瓶梅》出现，可谓是中国小说的发展的极峰。在文学的成就上说来，《金瓶梅》实较《水浒传》《西游记》《封神传》为尤伟大。《西游》《封神》，只是中世纪的遗物，结构事实，全是中世纪的，不过思想及描写较为新颖些而已。《水浒传》也不是严格的近代的作品。其中的英雄们也多半不是近代式（也简直可以说是超人式的）。只有《金瓶梅》却彻头彻尾是一部近代期的产品。不论其思想，其事实，以及描写方法，全是近代的。在始终未尽超脱过古旧的中世纪传奇式的许多小说中，《金瓶梅》实是一部可诧异的伟大的写实小说。她不是一部传奇，实是一部名不愧实的最合于现代主义的小说。"[1]郑振铎高度评价了《金瓶梅》在中国小说史上及文学史上贡献，同时也指出了这部小说在真实地描绘现实方面的贡献。

---

[1]　郑振铎《插图本中国文学史》下册，北京出版社 1999 年版，第 936 页。

贰

# 话本与『说话』及『拟话本』

话本有悠久的历史。一般认为，话本的特指是宋元话本。其实，话本有更早的源头。搞清这一问题，对于全面认识历代话本的传承关系、话本与“说话”之间的关系、话本与明清拟话本之间的关系，进而考察话本的文化品质有着重要的意义。

### （一）唐代话本源流考述

话本兴盛于宋代。话本是“说话人”的“底本”，是目前学术界较为一致的看法。鲁迅先生指出：“说话之事，虽在说话人各运匠心，随时生发，而仍有底本以作凭依，是为‘话本’。”[1]又指出：“他们（指说话人）也编有一种书，以作说话时之凭依，发挥，这书名叫‘话本’。”[2]胡士莹先生亦指出：“话本是说话人敷演故事的底本，它是作为说话人自己揣摩复习备忘之用的，也作为师徒间传习或子孙世代相守从事说话这一行业之用的。在宋代，说话这种民间技艺相当盛行，同时也产生了相当多的话本。”[3]又指出：“宋元话本是瓦子勾栏中‘说话人’所用的底本，作了一定的加工整理而成为读物

[1] 鲁迅《中国小说史略·宋之话本》，《鲁迅全集》第 9 卷，人民文学出版社 1981 年版，第 112 页。
[2] 鲁迅《中国小说的历史的变迁·宋人之“说话”及其影响》，《鲁迅全集》第 9 卷，人民文学出版社 1981 年版，第 320 页。
[3] 胡士莹《话本小说概论》，中华书局 1980 年版，第 130 页。

的。”[1]近年来，鲁迅、胡士莹等先生的观点受到质疑。如刘世德先生主编的《中国古代小说百科全书》即依据日本学者研究的成果，提出了话本就是故事的观点[2]。问题是，宋元话本是否有更早的源头？厘清这一问题，对于正确地认识话本的品质有重要的意义。

首先，话本有更早的来源，仅仅把它视为宋元以后民间

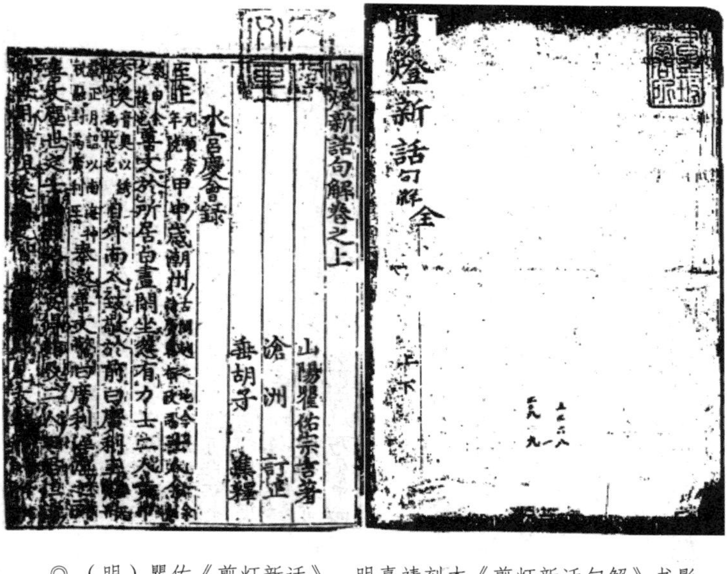


◎（明）瞿佑《剪灯新话》，明嘉靖刻本《剪灯新话句解》书影（日本内阁文库藏）

[1] 胡士莹《话本小说概论》，中华书局1980年版，第325页。
[2] 刘世德主编《中国古代小说百科全书》，中国大百科全书出版社1998年第2版，第185页。

艺人即说话人的“底本”不符合实际情况。现存的唐代敦煌写卷有《庐山远公话》《韩擒虎话本》等[1]。《韩擒虎话本》结尾处有“画本既终，并无抄略”一语，“画”通“话”，“画本”就是“话本”。在历史语言变迁的过程中，特别是在文白混用时期，表达同一语义时，时常有单音节词与双音节词混用的现象。从语法结构上看，“韩擒虎”与“庐山远公”均为主语，同属称谓。“话”与“画（话）本”词义相同，可以互换。这种情况一直延续到明代以后。明瞿佑《剪灯新话》卷二《牡丹灯记》云：“伏念某青年弃世，白昼无邻，六魄虽离，一灵未泯。灯前月下，逢五百年欢喜冤家；世上民间，作千万人风流话本。”《剪灯新话》中的“话”与《牡丹灯记》中的“话本”同义。明佚名《刘生觅莲记》云：

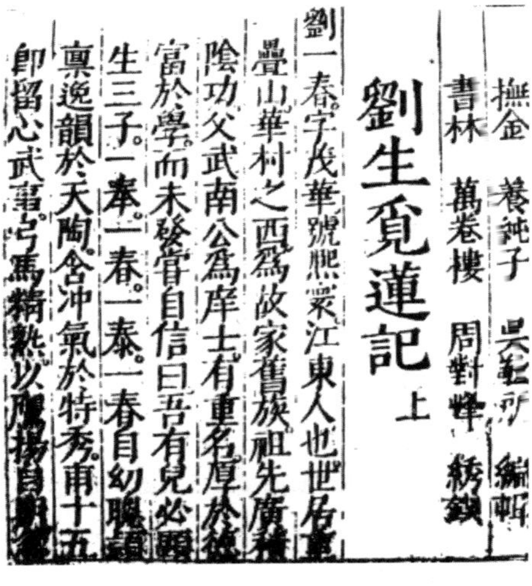
撫金 養純子 吳敬所 編輯
書林 萬卷樓 周對峰 繡鍥
劉生覓蓮記 上
劉一春字茂華號熙[illegible]江東人也世居[illegible]
疊山華村之西為故家舊族祖先廣積
陰功父武南公為庠士有重名厚於施
富於學而未發嘗自信曰吾有兒必顯
生三子一奉一春一泰一春自幼聰穎
稟逸韻於天陶含沖氣於特秀甫十五
即留心武事弓馬精熟以顯揚自期

◎（明）吴敬所编辑《刘生觅莲记》书影
（中国台北天一出版社 1985 年影印本）

[1] 敦煌变文《韩擒虎话本》失题，今本“韩擒虎话本”一题系据叙述内容及末尾“画本既终”一语加之。

“因至书坊，觅得话本，特与生观之。见《天缘奇遇》，鄙之曰：‘兽心狗行，丧尽天真，为此话者，其无后乎？’见《荔枝奇逢》《怀春雅集》，留之。”“话本”与“话”同义，可以互换，即“话”是“话本”的省称。据此，“庐山远公话”实际上是“庐山远公话本”的省略语，在表述上与“韩擒虎话本”相同。敦煌写卷《庐山远公话》《韩擒虎话本》是俗文学的杰出代表，它表明，唐代俗文学已有“话本”这一艺术门类。

其二，唐代文人有将“传”改称为“话”的做法，并直接参与到话本的创作之中。元稹《酬翰林白学士代书一百韵》有“翰墨题名尽，光阴听话移”诗句，这里的“话”是指《一枝花话》。元稹自注：“乐天每与予游从，无不书名屋壁，又尝于新昌宅，说《一枝花话》，自寅至巳，尤未毕词。”[1]白居易是元稹的好朋友，字乐天。宋代罗烨指出：“李娃，长安倡女也，字亚仙，旧名一枝花。”[2]唐代大诗人白居易的弟弟白行简进士出身，著有传奇《李娃传》，据此可知，“话”与“传”通，“说《一枝花话》”是指复述白行简的《李娃传》，“话”与“传”为同义语，两者可以互换。关于“话”“传”可以互替，还可以从宋话本《杨温拦路虎传》中得到进一步的

[1] 元稹《酬翰林白学士代书一百韵》，杨军《元稹集编年笺注》诗歌卷，三秦出版社2002年版，第308页。

[2] 罗烨《醉翁谈录·李亚仙不负郑元和》，古典文学出版社1957年版，第113页。

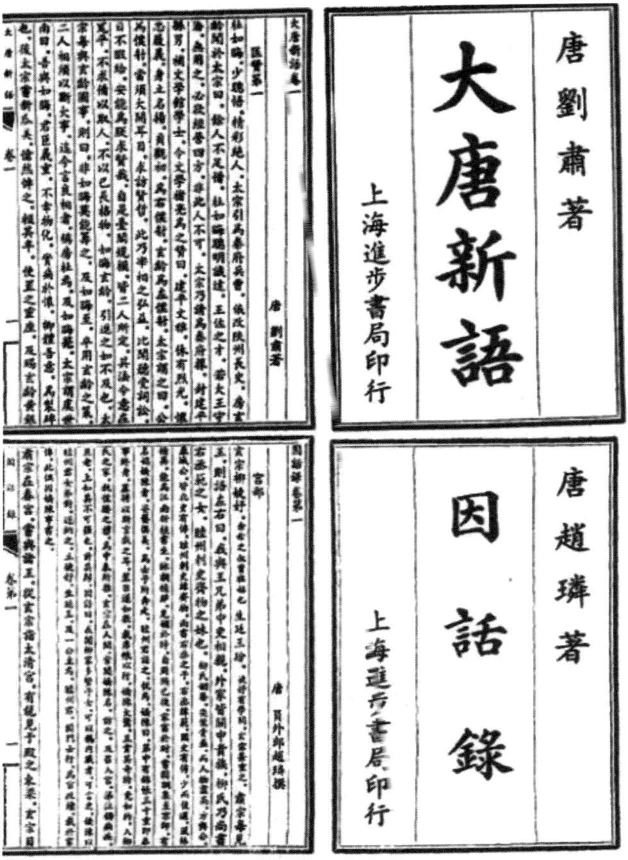


◎（唐）刘肃《大唐新语》、赵璘《因话录》书影
（上海进步书局《笔记小说大观》本，江苏广陵古籍刻印社 1983 年重刊）

证明[1]。《杨温拦路虎传》的语言结构与敦煌写卷《庐山远公话》相同，亦可知在唐传奇及宋话本中，有将“话”与“传”互换的现象。

其三，“话”与“语”同义，唐代时常交替使用。南朝刘义庆有《世说新语》，唐人刘肃有《大唐新语》、刘餗有《隋唐嘉话》，宋欧阳修、宋祁《新唐书・艺文志三》收录唐人著述有赵璘的《因话录》、韦绚的《刘公嘉话录》，宋李昉《太平广记》收录唐人著述时又有《大唐杂语》《唐语林》等。从语义上看，“话”与“语”同义，承担对象一致。从著述内容看，“新语”“嘉话”“话录”“杂语”“语林”表达的意义相同，旨在记载当代人的言行及事迹。

其四，追溯源头，“话本”称谓的出现与佛教传播有直接的关系。据文献，“话本”一词最早出现在敦煌写卷中的变文。变文是僧侣为传播佛教讲述的宗教故事，直接以“话”“话本”名篇的有《庐山远公话》《韩擒虎话本》。话本与佛教的关系，还可以从宋普济《五灯会元》中得到明证。《五灯会元》卷三《六祖大鉴禅师法嗣・百丈怀海禅师》云：“时沩山在会下作典座。司马头陀举野狐话问典座：‘作么

[1] 罗烨《醉翁谈录》著录有《拦路虎》，当为明洪楩《清平山堂话本》中的《杨温拦路虎传》。

生？’座撼门扇三下。”[1]百丈怀海禅师是马祖禅师的得意弟子，长期侍坐于门下。《五灯会元》卷三《江西马祖道一禅师》云：“（马祖禅师）幼岁依资州唐和尚落发，受具于渝州圆律师。唐开元中，习禅定于衡岳山中，遇让和尚。同参六人，唯师密受心印……大历中，隶名于钟陵开元寺。时连帅路嗣恭聆风景慕，亲受宗旨。由是四方学者，云集座下。”普济记载禅宗故事多有所本。《百丈怀海禅师》中所说的“野狐话”应盛行于唐代。其实，“野狐话”“远公话”“韩擒虎话本”都是为弘扬佛法讲述的宗教故事。从这样的角度看，话本应与唐代佛教的传播有直接的关系。

其五，唐人眼中的话本有两层含义，一是“话”指故事，与叙述历史人物、事件有直接的联系。后晋刘昫等《旧唐书·方伎列传》：“思邈自云开皇辛酉岁生，至今年九十三矣；询之乡里，咸云数百岁人。话周、齐间事，历历如眼见。”[2]二是“本”有来源、依据之意。牛峤《灵怪录》云：“王生具话本末，又述妖狐事。”牛峤生卒年不详，字延峰，陇西人，约公元890年前后在世。牛峤是牛僧孺的孙子，唐僖宗乾符五年（878）进士及第，历拾遗，补尚书郎。王建镇蜀

[1] 唐代是禅宗大发展时期。据文献，大部分禅宗故事定型于唐代。出现这一情况应与禅宗六祖慧能出生于唐代有直接的联系。六祖慧能出生于唐贞观十二年即638年。

[2] 公元936年，河东节度使石敬瑭勾结契丹反叛朝廷。经契丹册封，石敬瑭为“大晋皇帝”，史称“后晋”。后晋距唐不远，语言风格与唐代大体相同。

时，辟为判官，王建称帝后迁给事中。牛峤以词著名，今存诗作有三十三首，词六首。

其六，唐人话本继承了史学传统，“话”与“事”同。后晋刘昫等《旧唐书·郑朗列传》云：

> 朗对曰：“臣执笔所记，便名为史。伏准故事，帝王不可取观。昔太宗欲览国史，谏议大夫朱子奢云：‘史官所述，不隐善恶。或主非上智，饰非护失，见之则致怨，所以义不可观。’又褚遂良曰：‘今之起居郎，古之左右史也；记人君言行，善恶必书，庶几不为非法，不闻帝王躬自观史。’”帝曰：“适来所记，无可否臧，见亦何爽？”乃宣谓宰臣曰：“郑朗引故事，不欲朕见起居注。夫人君之言，善恶必书。朕恐平常闲话，不关理体，垂诸将来，窃以为耻。异日临朝，庶几稍改，何妨一见，以诫丑言。”朗遂进之。朗转考功郎中。四年，迁谏议大夫。

按，“故事”“闲话”上承“动则左史书之，言则右史书之”（《礼记·玉藻》）即“史官所述，不隐善恶”的文化精神。

其七，唐代话本有文白并存的现象。白话可以敦煌变文《庐山远公话》《韩擒虎话本》为代表，文言可以笔记为代表。因笔记属野史类，故后世注解正史时多有引用。如《大唐新语》《隋唐嘉话》《因话录》《刘公嘉话录》《大唐杂语》

《唐语林》等多是引用的对象。又如后人注《旧唐书》《旧五代史·唐书》时多次引用三仁裕《玉堂闲话》。宋薛居正《旧五代史·唐书·安金全列传》云："弟重进，尤凶恶。事庄宗，以试剑杀人，奔淮南。"注引《玉堂闲话》："安重进，性凶险，庄宗潜龙时为小校，常佩剑列于翊卫。后携剑南驰，投于梁祖，梁祖壮之，俾隶淮之镇戍。复以射杀掌庾吏，逃窜江湖，淮帅得之，擢为裨将。"《旧五代史·唐书·毛璋列传》云："毛璋，本沧州小校。梁将戴思远帅沧州，时庄宗已定魏博，思远势蹙，弃州遁去，璋据城归庄宗，历贝州、辽州刺史。"注引《玉堂闲话》："戴思远任浮阳日，有部曲毛璋，为性轻悍。尝与数十卒追捕盗贼，还宿于逆旅，毛枕剑而寝。夜分，其剑忽大吼，跃出鞘外。从卒闻者愕然惊异，毛亦神之。乃持剑祝曰：'某若异日有此山河，尔当更鸣跃，否则已。'毛复寝，未熟，剑吼跃如初，毛深自负。其后戴离镇，毛请留，戴从之。未几，毛以州归命于唐庄宗，庄宗以毛为其州刺史，后竟帅沧海。"《玉堂闲话》是晚唐五代王仁裕的笔记轶事小说集，散见于《太平广记》《类说》《绀珠集》《说郛》《永乐大典》等著述中。

综上所述，早在唐代已有话本，在唐人的眼中，话本或话所指甚多，一方面唐代话本与俗文学即变文、讲经等宗教故事有密切的关系，另一方面唐代文人有将话本与野史笔记等同起来的意识，话本在文人的眼中与野史笔记、传奇（小说）是同义词。厘清这一问题，对于认识宋元话本及叙述内容有着至关重要的作用。

## （二）话本与“说话”及书会

宋元话本的源头是俗文学的杰出代表敦煌变文。从历时的角度看，宋话本成为冲击正统文学（诗文）的力量，形成富有个性特征的审美价值取向主要有四个因素。一是在前代的基础上，宋代迎来了商品经济快速发展的局面。这一局面形成后，为农业人口涌入城市，造就基础庞大的市民阶层提供了坚实的基础；二是市民阶层不断地提出新的文化需求，为话本的传播和流行提供了庞大的受众群体；三是“说话人”即民间艺人不断地提升“说话”艺术的水平，使话本成为市民阶层及其他阶层喜闻乐见的艺术形式；四是混迹于下层的读书人即书会成员加入到话本创作的行列，为话本脱离“说话”成为独立的文学样式带来前所未有的发展机遇。

宋代商品经济空前繁荣，一方面为市民阶层的迅速壮大提供了坚实的基础；另一方面制度改革使城市成为文化传播和精神需求的重要场所。如《宋会要辑稿·食货六九》云：“天禧三年十二月，命都官员外郎苗稹与知河南府薛田，同均定本府坊郭居民等。从户部尚书冯拯之请也。”[1]坊郭既指城郭与市街，又指城市居民的聚居地[2]。天禧三年（1019）将城市与乡村户籍区分开来，标志着市民作为独立于村民之外的社会阶层得到最高统治者的承认。又如唐代城市有宵禁制度，宋代取消了宵禁。特别是宋代打破城市分立的制度后，不但方便了消费者就近购物，而且为商品流通创造了便捷的环境。孟元老描述北宋都城汴梁（今河南开封）盛况时写道：“仆从先人宦游南北。崇宁癸未到京师，卜居于州西金梁桥西夹道之南。渐次长立，正当辇毂之下，太平日久，人物繁阜，垂髫之童，但习鼓舞，班白之老，不识干戈，时节相次，各有观赏。灯宵月夕，雪际花时，乞巧登高，教池游苑。举目则青楼画阁，秀户

◎（宋）张择端《清明上河图》，清乾隆摹本（局本，局部）

[1] 徐松《宋会要辑稿》第7册，中华书局1957年影印，第6369页。
[2] 刘昫等《旧唐书·食货志上》云：“在邑居者为坊，在田野者为村。”

珠帘，雕车竞驻于天街，宝马争驰于御路，金翠耀目，罗绮飘香。新声巧笑于柳陌花衢，按管调弦于茶坊酒肆。八荒争凑，万国咸通。集四海之珍奇，皆归市易，会寰区之异味，悉在庖厨。花光满路，何限春游，萧鼓喧空，几家夜宴。伎巧则惊人耳目，奢侈则长人精神。”[1]吴自牧描述南宋都城临安（今浙江杭州）的繁荣时写道：“柳永咏钱塘词曰：‘参差十万人家。’此元丰前语也。自高庙车驾由建康幸杭，驻跸几近二百余年，户口蕃息，近百万余家。杭城之外城，南西东北各数十里，人烟生聚，民物阜蕃，市井坊陌，铺席骈盛，数日经行不尽，各可比外路一州郡，足见杭城繁盛矣。”[2]如果没有规模宏大的消费市场，文化消费将是一句空话。

两宋京城是著名的文化艺术和消费中心，对外有很强的辐射能力。两宋有瓦肆、勾栏等文化娱乐场所。瓦肆又称瓦子、瓦舍，是固定的演出场所，规模大小不等，据宋人记载，汴梁有新门瓦子、桑家瓦子、朱家桥瓦子、州西瓦子、康保门瓦子、州北瓦子等演艺场所，甚至一条街上有多处瓦肆。《东京梦华录》卷二“东角楼街巷”载：“街南桑家瓦子，近北则中瓦，次里瓦。其中大小勾栏五十余座。内中瓦子、莲花棚、

[1] 孟元老等《东京梦华录（外四种）》，古典文学出版社 1956 年版，第 1 页。
[2] 吴自牧《梦粱录》卷十九，孟元老等《东京梦华录（外四种）》，古典文学出版社 1956 年版，第 299 页。

牡丹棚、里瓦子、夜叉棚、象棚最大，可容数千人。”[1]“说话”是瓦肆表演艺术中的重要门类。起初，勾栏是较为简单的露天围场，后来，勾栏成为场所固定和场面宏大的演出“棚”，故有“不以风雨寒暑，诸棚看人，日日如是”[2]之说。

话本成为书面文学，具有独立的审美品质，经历了从“耳濡”到“目染”的过程。在这一过程中，“说话人”为推动话本从口头传授到成为书面文学起到了不可替代的作用。从现存的文献看，“说话人”又有“老郎”等称谓。关于这点，从“三言二拍”中可以找到大量的例证。《古今小说》卷二《陈

二刻拍案驚奇卷之二十九
贈芝蔴識破假形　擷草藥巧諧真偶
詩曰
萬物皆有情　不論妖與鬼
妙藥可通靈　方信岐黃理
話說宋乾道年間江西一個官人赴調臨安都下因到西湖上游玩獨自一人各處行走走得路多了覺得疲倦道傍有一民家門前有幾株大樹樹傍有石凳可坐那官人遂坐下少息望去屋內有一雙鬟女子明艷動人官人見了不覺心神飄蕩注目而視那女子也回眸流盼似有寄情之意官人眷戀不舍自
二刻卷十　卷二十九　一　尚友堂
這一回書乃京師老郎傳留原名為靈狐三束草天地間之物惟狐最靈善能變幻故名狐魅北方最多宋時有無狐魅不成村之說又性極好淫其涎染着人無不迷惑故又名狐媚以比世間淫女唐時有狐媚偏能惑主之檄[illegible]有好歹如任氏以身殉鄭鑒連貞節之事也是有的至於成就人功名度脫人災厄撮合人夫婦這樣的事往往有之莫謂妖類便無好心只要有緣遇得着　國朝天順甲申年間浙江有一個客商姓蔣尊一在湖廣江西地方做生意那蔣生年紀二十多歲生得儀容俊

◎（明）凌濛初《二刻拍案惊奇》绣像、书影
（尚友堂刻本，日本内阁文库藏）

[1] 孟元老等《东京梦华录（外四种）》，古典文学出版社 1956 年版，第 14 页。
[2] 孟元老等《东京梦华录（外四种）》，古典文学出版社 1956 年版，第 30 页。

御史巧勘金钗钿》的开头写道：“闻得老郎们相传的说话，不记得何州甚县。”《古今小说》卷十五《史弘肇龙虎君臣会》结尾有“这话本是京师老郎流传”语。《醒世恒言》卷十七《张孝基陈留认舅》开头写道：“尝闻得老郎们传说，当初有个贵人……”《初刻拍案惊奇》卷二十一《袁尚宝相术动名卿》入话写道：“此本话文，叫做《积善阴骘》，乃是京师老郎传留至今。”《二刻拍案惊奇》卷二十九《赠芝麻识破假形》入话写道：“这一回书，乃京师老郎传留，原名为《灵狐三束草》。”

“说话”能够代代口头传授，老郎起到了至关重要的作用。问题是，经过老郎口头传授及传播以后，话本又是如何成为案头文学的？客观地讲，书会成员参与到话本写作之中是重要的环节。起初，书会是一民间教育机构，进入书会学习的大都是家境贫寒的学子。耐得翁记载临安（今浙江杭州）教育的盛况时写道：“都城内外，自有文武两学，宗学、京学、县学之外，其余乡校、家塾、舍馆、书会，每一里巷须一二所，弦诵之声，往往相闻。遇大比之岁，间有登第补中舍选者。”[1]南宋王十朋《悼亡诗》自注云：“予一日忽言穷，令人曰：‘君今胜作书会时矣，不必言穷。’予悦其言，盖死之前

[1]　耐得翁《都城纪胜·三教外地》，孟元老等《东京梦华录（外四种）》，古典文学出版社 1956 年版，第 101 页。

数日也。”[1]南宋周密《武林旧事》卷六《诸色伎艺人》列举“讲史、说经诨经、小说、影戏、唱赚、小唱”等娱乐行业人员的名单时，列举了“书会”一目，并冠于“讲史”之前。[2]宋话本《简帖和尚》云：“当日推出这和尚来，一个书会先生看见，就法场上做了一只曲儿，唤做《南乡子》……。”这里提供的信息是，书会先生及学子开始加入到话本创作的行列。书会成员为说唱艺人、说话艺人提供脚本的本意自然是为了谋生，然而，当他们成为话本创作的一员时，自然要改变“说话”的叙述内容和方向。

书会成员改变“说话”方向是一个渐变和质变的过程。

其一，书会成员加入话本创作队伍，使“说话”增加了书卷气。如《京本通俗小说·西山一窟鬼》以《念奴娇》入话，随即用很长的篇幅将这首词分为十八句，逐一诠释。《京本通俗小说·拗相公》入话引用四句唐诗，随即用约五百字的篇幅诠释第一、第二句的句意。诠释诗词需要一定的文学修养，很显然，不通或粗通文墨的“说话人”难以做到。

其二，书会成员参与话本创作，使“说话”同时具有了可听可读的品质。如冯梦龙《喻世明言》卷一《蒋兴哥重会珍

[1] 梅溪集重刊委员会编《王十朋全集》卷二十六，上海古籍出版社1998年版，第496页。
[2] 周密《武林旧事·诸色伎艺人》，孟元老等《东京梦华录（外四种）》，古典文学出版社1956年版，第454—457页。

珠衫》入话有“看官，则今日听我说《珍珠衫》这套词话”数语，从“看”和“听”这两个关键词中可知，在书会成员的参与下，“说话”艺术开始向案头文学转变。

其三，书会成员参与话本修改工作后开始成为话本创作的主力，进而为话本进入文人独立创作阶段（创作拟话本）提供了必要的条件。宋话本《杨温拦路虎传》：“才人有诗说得好：‘求人须求大丈夫，济人需济急时无。渴时一点如甘露，醉后添杯不若无。’”这里透露了书会成员参与话本修改的重要信息。《警世通言》卷二十八《白娘子永镇雷峰塔》入话：“有分教：才人把笔，编成一本风流话本。”《醒世恒言》卷十三《勘皮靴单证二郎神》结尾：“原系京师老郎流传，至今编入野史。”按，古代有将小说视为野史的认识。故胡士莹先生指出：“说话人原来口头娴习的成套的老故事，已不能适应广大市民的要求，于是出现了文学市场，一些文士组织了书会，专门替说话人编撰话本（也有说话人自编的）。他们多方搜罗历史故事、民间传说和当代新闻，自出机杼编造一些故事，仿照说话的口气、方法，写成一个概略，提供给说话人，说话人凭着自己的生花妙舌，添枝添叶，在书场上献技。而其后还可能由书会先生根据说话人的发挥创造再行加工增补。这样，书场上不断有新鲜的故事可听，使说话行业能够始终维持繁盛。”[1]从“耳濡”到“目染”，书会成员加入到话本创作行列，其影响有三个：一是提高了话本创作的质量；二是将日常生活写入话本，改变了“说话”重历史、轻现实的局面；三是为文人投身于话本创作提供了必要的先决条件。

宋以后，话本小说冲破正统诗文设下的樊篱，不但在文学史上确立了自身的地位，而且迎来了明清通俗小说的繁荣。鲁迅先生指出：“宋人之‘说话’的影响是非常之大，后来的小说，十分之九是本于话本的。”[2]程毅中先生指出：“宋元话本代表中国小说史上的一大变迁，标志着中国小说发展的一个主要阶段。”[3]欧阳健、萧相恺先生亦指出：“宋元话本的出现，是中国文学史上值得大书特书的事件，它标志着中国文学创作的新的跃进。”[4]这些观点自然是不刊之论，然而，从话本演变的历史看，话本之所以能成为中国文学的新品种，书会成员的参与是值得大书特书的事件。书会成员加入“说话”的创作行列后，既改变了话本依附于“说话”的方向，同时文人投身于话本创作，为话本与“说话”彻底的分离奠定了坚实的基础。

---

[1] 胡士莹《话本小说概论》，中华书局 1980 年版，第 131 页。
[2] 鲁迅《中国小说的历史的变迁》，《鲁迅全集》第 9 卷，人民文学出版社 1981 年版，第 332 页。
[3] 程毅中《宋元小说家话本集·前言》，齐鲁书社 2002 年版。
[4] 欧阳健、萧相恺《宋元小说话本集·前言》，中州古籍出版社 1987 年版。

## （三）“说话四家”与面向现实

两宋时期“说话有四家”。

南宋耐得翁指出：“说话有四家。一者小说，谓之银字儿，如烟粉、灵怪、传奇。说公案，皆是搏刀赶棒，及发迹变泰之事。说铁骑儿，谓士马金鼓之事。说经，谓演说佛书。说参请，谓宾主参禅悟道之事。讲史书，讲说前代书史文传、兴废争战之事。最畏小说人，盖小说者能以一朝一代故事，顷刻间提破。”[1]在此基础上，王国维、鲁迅、孙楷第、谭正璧、赵景深、陈汝衡、严敦易、王古鲁等对“说话”四家的所指进行了积极的探讨。具体确定了小说、讲史和说经三家，至于第四家，学者们有不同的看法[2]。针对这一情况，程千帆、吴新雷两位先生引用明抄本《说郛》卷三《古杭梦游录》“说话有四家：一者小说，谓之银字儿，如烟粉、灵怪、传奇、说公案，皆是抟拳提刀赶棒及发迹变态之事；说铁骑儿，谓士马金鼓之事；说经，谓演说佛书，说参请参禅；讲史书，谓说前代兴废争战之事”一语后指出：“说话四家的问题，聚颂多年，

[1] 耐得翁《都城纪胜·瓦舍众伎》，孟元老等《东京梦华录（外四种）》，古典文学出版社 1956 年版，第 98 页。

[2] 参见胡士莹《话本小说概论》，中华书局 1980 年版，第 104—106 页。

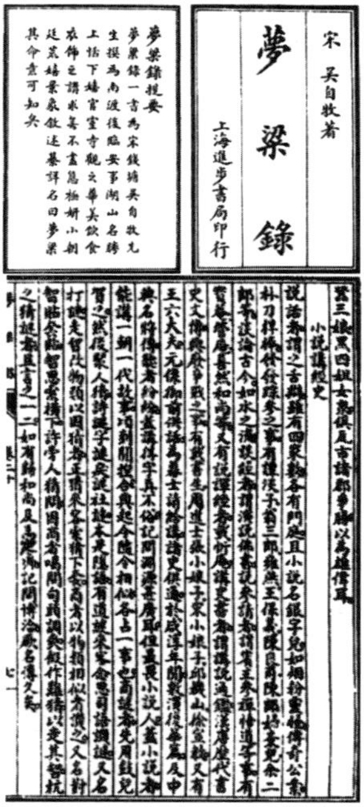


◎（宋）吴自牧《梦粱录》书影（上海进步书局《笔记小说大观》本）

由于《梦游录》的发现，总算是得到了澄清。”[1]从内容上看，《古杭梦游录》是《都城纪胜》的节录，因此以《古杭梦游录》划定“说话四家”，难以得出令人信服的结论。

因“说话有四家”存在着文献缺载、语焉不详、断句不一等多种因素，又有一些学者提出了将“说话”分为“讲史、小说、说经”三大门类的观点。如萧相恺先生指出：“根据现存宋元市人小说的实际，综合上引各书（按指《都城纪胜》《梦粱录》《武林旧事》《醉翁谈录》等）的有关记载，将宋人的‘说话’分为三家实更符合当时的实际。”[2]客观地讲，这一观点与耐得翁“说话有四家”的命题没有直接的关系。从耐得翁记载的内容看，可能将“说话”视为语言表演艺术更为恰当，即不能将“说话”与今天文学观念中的小说等同起来。如在“盖小说者能

[1] 程千帆、吴新雷《两宋文学史》，上海古籍出版社 1991 年版，第 571 页。
[2] 萧相恺《宋元小说史》，浙江古籍出版社 1997 年版，第 38 页。

以一朝一代故事，顷刻间提破”一语的后面，耐得翁又写下“合生与起令、随令相似，各占一事。商谜，旧用鼓板吹《贺胜朝》，聚人猜字谜”数语。从内容上看，如果说“讲史、小说、说经”属于“说话”艺术的话，那么，“合生、商谜”自然也隶属于“说话”。鲁迅先生指出：“‘说话’分四科：一、讲史；二、说经浑话；三、小说；四、合生。”[1]如果“合生”为“说话”第四家的话，那么“商谜”是否为“说话”第五家呢？或者说“合生”与“商谜”同为“说话”第四家呢？这些都值得深入地进行研究。

从题材看，“说话”的总趋势是关注现实，加强叙述现实的内容。这里仅以“讲史、小说、说经”三家为例。据罗烨《醉翁谈录·小说开辟》，“讲史”有孙庞斗智、刘项争雄等历史人物和故事。承接宋代“讲史”余绪，元代“讲史”出现了更为繁荣的局面，其中，最为著名的“讲史”有元英宗至治年间刊刻的“全相平话五种”。“全相平话五种”分别为《平话武王伐纣书》《平话乐毅图齐七国春秋后集》《秦并六国平话》《续前汉书平话》《平话三国志》。据明《永乐大典》，元代“讲史”有26种以上。“讲史”的叙述对象是历史，然而，在叙述历史时，又以历史暗示现实，将受众的兴奋点引导到刚刚发生或正在发生的事情方面。进而言之，“说话人”通过寻找

[1] 鲁迅《中国小说的历史的变迁》，《鲁迅全集》第9卷，人民文学出版社1981年版，第320页。

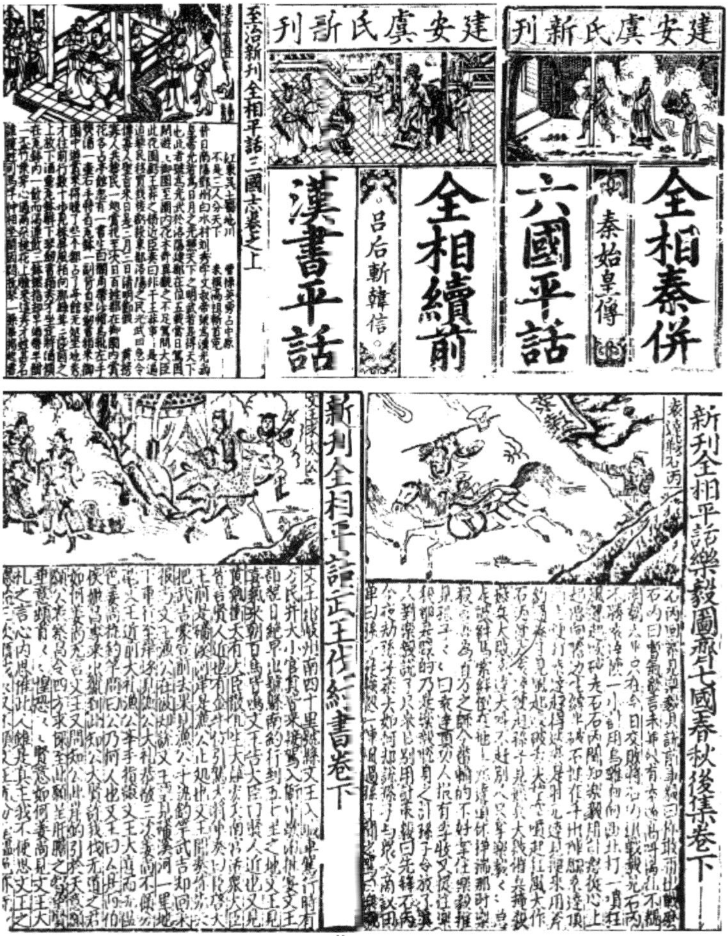


◎《平话三国志》《续前汉书平话》《秦并六国平话》
《平话武王伐纣书》《平话乐毅图齐七国春秋后集》书影
（元至治间建安虞氏刊本，日本内阁文库藏）

历史与现实的链接点，旨在满足受众的文化心理和审美要求。从这样的角度看，“讲史”虽说是在叙述历史，但文化精神是现实的。

与“讲史”相比，“小说”叙述现实的成分明显地加强。因面向普通人，“小说”的平民性在于它更多地反映了市井细民的世俗愿望与生活情趣。从思想特征上看，主要有三个方面的内容。其一，追求婚姻自由与个性解放。如《快嘴李翠莲》塑造了敢于挑战封建礼教、个性鲜明的李翠莲。通过叙述李翠莲从出嫁成婚到被休离家出走的全过程，可以说作者在她的身上寄托了追求个性解放的理想。其二，关注现实，批判现实。如《错斩崔宁》，作者在叙述崔宁与陈氏因屈打成招，被凌迟

◎（明）冯梦龙《古今小说》绣像
（明天许斋刊本，日本内阁文库藏）

处死的情节之后，直抒胸臆地写下了“这段冤枉，仔细可以推详出来；谁想问官糊涂，只图了事；不想捶楚之下，何求不得”的愤慨之言，从而将矛头指向了草菅人命的官府。其三，赞美扶危济困、打抱不平的市井人物。如《宋四公大闹禁魂张》[1]，故事从贪吝成性的东京开当铺的张员外欺压穷汉写起，引出小偷宋四公。宋四公为了替穷汉出气，于当夜潜入张员外家盗走五万贯金银珠宝，并题藏头诗留名。整个故事犹如一出盗贼的赞歌。

再看“说经”。起初，“说经”是指“演说佛书”[2]，即通过讲述佛经中的人物故事来达到宣传佛教的目的。在这中间，为了争取更多的信众，“说经”开始关注现实。如《花灯轿莲女成佛记》就是这类作品中的杰出代表[3]。

从现存的宋元话本看，“说话”运动的大趋势是不断地加大叙述现实的密度，将关心凡人小事、揭露弊端、暴露黑暗视为自身的文化使命。在这一文化使命的指引下，话本从关心历史、歌颂帝王将相、关心鬼神灵怪之事走向苦难的现实。诚如宁宗一先生所说：“作为市民文艺的宋元话本小说在中国小说史上承前启后，独树一帜，自成一个新阶段。它的兴起是中国

---

[1] 冯梦龙《喻世明言（初称〈古今小说〉）·宋四公大闹禁魂张》，源于宋话本《说赵正激恼京师》。

[2] 按，《都城纪胜》“瓦舍众伎”条与《梦粱录》卷二十“小说讲经史”条均定义“说经”为“演说佛书”。

[3] 一般认为，《花灯轿莲女成佛记》是宋元“说经”类作品。

小说文学从内容到形式向生活突进的一大解放；同时又是中国小说文学走向群众、走向艺术高峰的一道桥梁，它为中国小说开辟了一个崭新的天地，从而使小说在文坛上争得了不容忽视的地位。”[1]话本通过贴近现实、面向世俗世界，承载着新兴市民阶层的喜怒哀乐，提出了新的审美理想和要求。

## （四）冯梦龙与“拟话本”

明嘉靖年间，洪楩收集宋元明三代话本，刊刻了《雨窗集》《长灯集》《随航集》《欹枕集》《解闲集》《醒梦集》等六部小说集。从今存《雨窗集》上卷5篇、《欹枕集》下卷5篇的情况看，每集分上下卷，每卷5篇，共60篇。稍后，明田汝

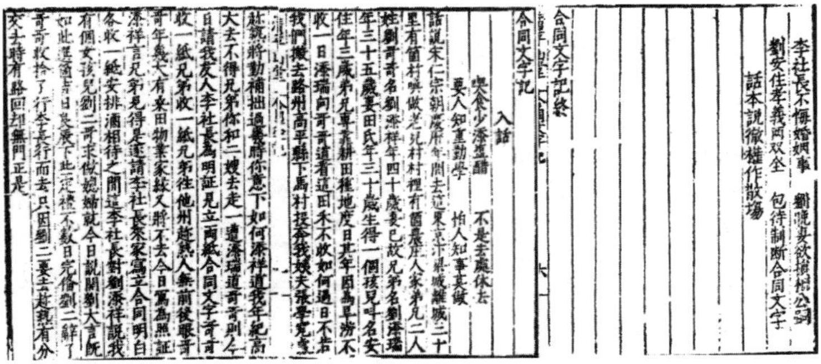

李社長不悔婚姻事　劉晚妻欲損相公詞
劉安住孝義兩双全　包待制斷合同文字
話本說徹權作散場
合同文字記終

合同文字記
入話
喫食少添鹽醋　不是去處休去
要人知重勤學　怕人知事莫做
話說宋仁宗朝慶曆年間去這東京汴梁城離城三十里有個村喚做老兒村村裡有個農莊人家弟兄二人姓劉哥哥名劉添祥年四十歲妻已故兄弟名劉添瑞年三十五歲妻田氏年三十歲生得一個孩兒叫名安住年三歲弟兄專靠耕田種地度日其年因為旱澇不收一日添瑞向哥哥道看這田禾不收如何過日不若我們搬去潞州高平縣下馬村投奔我姨夫張學究處趁熟將勤補拙過幾時你意下如何添祥道我年紀高大去不得兄弟你和二嫂去走一遭添瑞道哥哥則今日請我友人李社長為明証見立兩紙合同文字哥哥收一紙兄弟收一紙兄弟往他州趁熟人無前後眼哥哥年歲大有桑田物業家緣又將不去今日寫為照証添祥言兄弟見得是遂請李社長來家寫立合同明白各收一紙安排酒相待之間這李社長對劉添祥說我有個女孩兒劉二哥求做媳婦就今日說開劉大言既如此選個吉日良辰下此定禮不數日完備劉二辭了哥哥收拾了行李長行而去只因劉二要去趁熟有分交去時有路回却無門正是

◎《清平山堂话本·合同文字记》书影
（明刻本，日本内阁文库藏）

[1]　宁宗一《倾听民间心灵回声》，山西古籍出版社2003年版，第5页。

成《西湖游览志》将其命名为“六十家小说”。因《六十家小说》的版心有“清平山堂’四字，故又称《清平山堂话本》。《清平山堂话本》现存29篇（其中两篇为残卷），其中有宋元话本旧篇。从这些旧篇中，可以发现从宋元话本到明拟话本的嬗变轨迹。如明代冯梦龙编纂的“三言”有11篇是根据《清平山堂话本》改写的。值得注意的是，冯梦龙改编的作品大都来源于宋元话本。它给人的启示是，明代文人从事话本创作的重要环节是从改编宋元话本开始的，随后才有脱离话本进行独立创作的“拟话本”。

所谓“拟话本”，是指明代文人模仿话本的叙述方式、语体风格创作的通俗小说。冯梦龙《喻世明言·叙》：“南宋供奉局，有说话人，如今说书之流。其文必通俗，其作者莫可

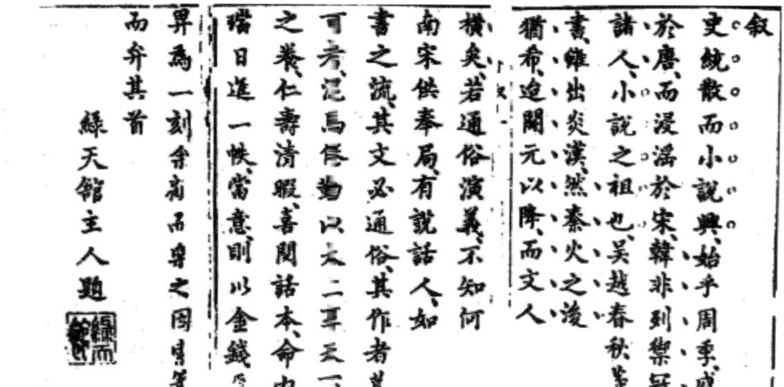
敘
史統散而小說興始乎周季盛
於唐而浸淫於宋韓非列禦寇
諸人小說之祖也吳越春秋等
書雖出炎漢然秦火之後
猶希迨開元以降而文人
橫矣若通俗演義不知何
南宋供奉局有說話人如
書之流其文必通俗其作者莫
可考泥馬倦勤以太上享天下
之養仁壽清暇喜閱話本命內
璫日進一帙當意則以金錢
畀為一刻余因援筆
而弁其首
綠天館主人題

◎（明）冯梦龙《古今小说·叙》书影
（明天许斋刊本，日本内阁文库所藏）

考。泥马倦勤，以太上享天下之养，仁寿清暇，喜阅话本，命内珰日进一帙。当意，则以金钱厚酬。于是，内珰辈广求先代奇迹及闾里新闻，倩人敷演进御，以怡天颜。”[1]依据这一资料，胡士莹先生推测早在冯梦龙之前，明代就有“拟话本”了。为了充分证明这一问题，胡士莹先生又指出：《宝文堂书目》著录的《羊角哀鬼战荆轲》《范张鸡黍死生交》《冯唐直谏汉文帝》《李广世号飞将军》《夔关姚卞吊诸葛》《霅川萧琛贬霸王》等是明人话本，认为它们“具有很浓厚的文人拟作气息”[2]。日本中里见敬认为，《宝文堂书目》著录的宋人小说多不可信，实为明人拟作[3]。这一论述从一个侧面印证了胡士莹先生的观点。

明清拟话本的重要成果是“三言二拍”。“三言”是冯梦龙编纂的《喻世明言》(《古今小说》)、《警世通言》《醒世恒言》的统称，共120篇。“二拍”是凌濛初编纂的《初刻拍案惊奇》《二刻拍案惊奇》的统称，共80篇。“三言二拍”是“拟话本”的典范。“三言”以后，文人成为话本创作的主力军，迎来了“拟话本”创作的高潮。

冯梦龙加工改造宋元话本的过程有四点值得注意。其一，

[1]　冯梦龙编，许政扬校注《喻世明言》，人民文学出版社 1958 年版，第 1 页。
[2]　胡士莹《话本小说概论》，中华书局 1980 年版，第 396 页。
[3]　[日]中里见敬《反思〈宝文堂书目〉所录的话本小说与清平山堂〈六十家小说〉之关系》，《复旦学报》(社会科学版)2005 年第 6 期。

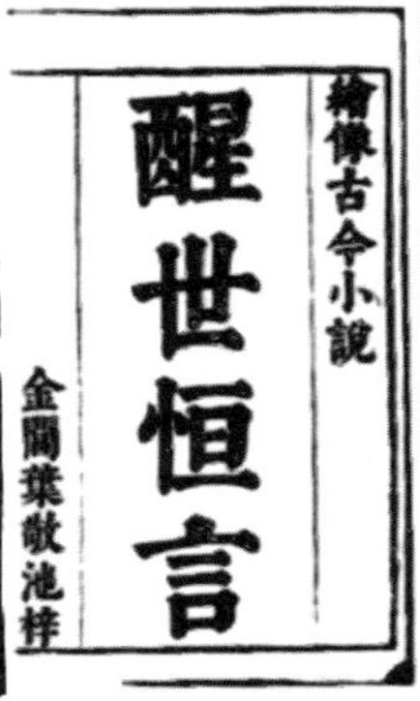


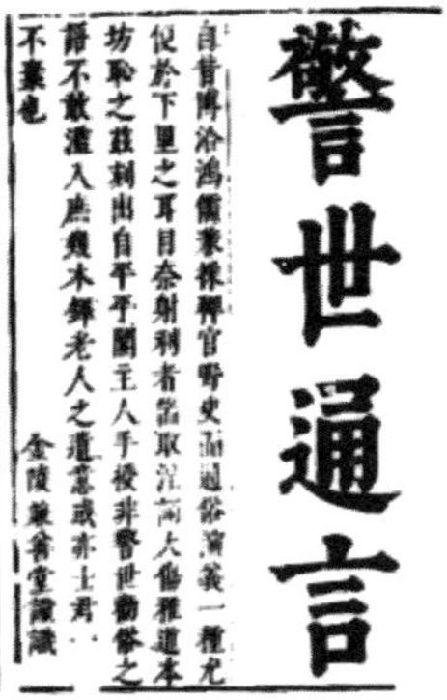


◎ 冯梦龙《喻世明言》书影（明天启年间天许斋刻本，日本内阁文库藏）
◎ 冯梦龙《醒世恒言》书影（明天启年间叶敬池刻本，日本内阁文库藏）
◎ 冯梦龙《警世通言》书影（明天启年间兼善堂刻本，日本蓬左文库藏）

◎ 凌濛初《二刻拍案惊奇》书影（明尚友堂刻本，日本内阁文库藏）
◎ 凌濛初《拍案惊奇》书影（明尚友堂安少云刻本，日本日光轮王寺慈眼堂藏）

通过润色和加工，提高了宋元话本的叙述质量。如宋元话本通常以诗词开篇，叙述时常用诗词渲染氛围。由于话本源于“说话人”之口之手，又由于“说话人”艺术修养不高，叙述引用诗词时常常会出现张冠李戴的现象，或出现用诗时与情节不合、与审美情境不合的现象。如《柳耆卿诗酒玩江楼记》就将李煜《虞美人》（春花秋月何时了）归入柳永名下。据统计，“三言”收录的宋元话本有11篇，这些话本选入“三言”时，经冯梦龙改造，删去的诗词有27首，改动的有24首，新添的有37首[1]。如果加以对比的话，不难发现冯梦龙的这一做法旨在强化故事情节的抒情性，提高叙述的质量。进而言之，冯梦龙删除与情节关系不大的诗词及修改粗鄙的诗句等作为，旨在加强结构内部的有机性，为突出人物性格、塑造艺术形象、营造审美情境服务。

其二，在尊重宋元话本结构的基础上，冯梦龙通过删改补足了必要的成分。宋元话本的叙述结构显示出由入话、正话两个部分构成的特征。从现存宋元话本的情况看，入话是说话人为候场而讲述的小故事；正话是叙述主体，是以入话为楔子进入叙述情节复杂多变的大故事。进而言之，起初，入话是说话人为稳住听者，为招揽后来者而讲述的小故事，在叙述上与正话没有必然的联系。这里带来的问题是，冯梦龙编辑旧本时，

[1] 任晓燕《谈“三言”对〈清平山堂话本〉中诗词的改动》，《明清小说研究》1999年第3期。

是将那些与正话关系不大的入话删去，还是继续保留呢？客观地讲，这是对冯梦龙的严峻考验。比较宋元话本与“三言”改造过的本子，冯梦龙采取的办法是，充分尊重话本小故事连缀大故事的“葫芦格”叙事结构，补足缺少的成分。如宋元话本《柳耆卿诗酒玩江楼记》缺少入话。冯梦龙将其编入《古今小说》时，先是删除了“谁家弱女胜姮娥，行速香阶体态多。两朵桃花焙晓日，一双星眼转秋波。钗从鬓畔飞金凤，柳傍眉间锁翠娥。万种风流观不尽，马行十步九蹉跎”与内容关系不大的原诗，用孟浩然《岁暮归南山》一诗替代。随后以《岁暮归南山》一诗的本事为入话。然后再用“那孟浩然只为错念了八

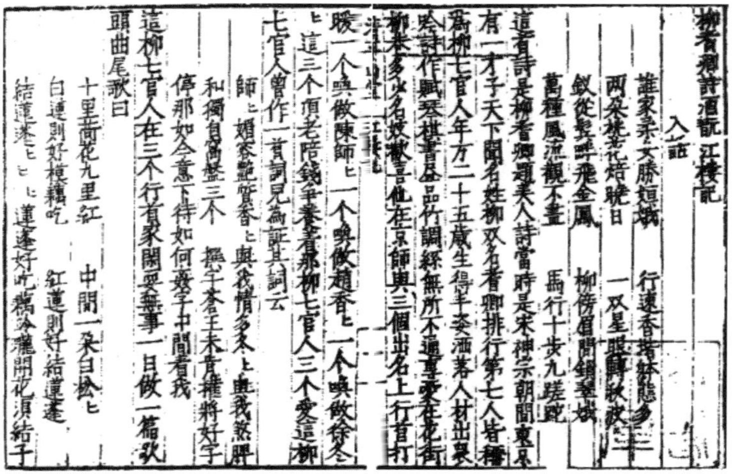
柳耆卿詩酒翫江樓記
入話
誰家柔女勝姮娥　行速香堦体態多
兩朵桃花焙曉日　一双星眼轉秋波
釵從鬢畔飛金鳳　柳傍眉間鎖翠娥
萬種風流觀不盡　馬行十步九蹉跎
這首詩是柳耆卿題美人詩當時是宋神宗朝間東京有一才子天下聞名姓柳双名耆卿排行第七人皆稱爲柳七官人年方二十五歲生得丰姿灑落人材出衆吟詩作賦琴棋書畫品竹調絲無所不通專愛在花街柳巷多少名妓歡喜他在京師與三個出名上行首打暖一个喚做陳師師一个喚做趙香香一个喚做徐冬冬這三个行老陪錢爭養着那柳七官人三个愛這柳七官人曾作一首詞兒爲証其詞云
師師媚容豔質香香與我情多冬冬與我煞脾和獨自窩盤三个　撚字蓍王未肯權將好字停那如今意下待如何姦字中間着我
這柳七官人在三个行首家閒耍無事一日做一篇歌頭曲尾歌曰
十里荷花九里紅　中間一朵白松松
白蓮則好摸藕吃　紅蓮則好結蓮蓬
結蓮蓬結蓮蓬蓮蓬好吃藕冷難開花須結子

◎《清平山堂话本》书影
（明刻本，日本内阁文库藏）

句诗，失了君王之意，岂非命乎？我如今又说一桩故事，也是个有名才子，只为一首词上，误了功名，终生坎坷，后来颠到成了风流佳话”（《众名姬春风吊柳七》）数语，勾连叙述柳永事迹的正话。这一黏合通过文人倾吐失意时的浩叹，加强了入话与正话间的联系，有利于集中表达作品的主题思想。

其三，在不损害内容的前提下，去除粗俗，使之典雅化。在《戒指儿记》中，作者用《南乡子》描绘阮三与陈小姐尼姑庵尽男女之欢的情节。到了冯梦龙那里，特意将其改为《西江月》，词云：“一个想着吹箫风韵，一个想着戒指恩情。相思半载欠安宁，此际相逢侥幸。一个难辞病体，一个敢惜童身。枕边吁喘不停声，还嫌道欢俄顷。”（《古今小说·闲云庵阮三偿冤债》）这首词紧扣前文，先写两情相悦却不得相会之因，再写欢会时浓情蜜意、无限欢愉之景。较之原词，《西江月》不仅文辞通俗，而且具有承上启下的功能。

其四，修改旧题或另立新题，传达了冯梦龙改造宋元话本的结构意志和审美理想。宋元话本出自众人之手，出现题目字数不等的现象是必然的。然而，冯梦龙有意识地将从三字到八字不等的旧题统一为七字或八字的新题。如在《京本通俗小说》中，有《拗相公》《碾玉观音》《志诚张主管》等宋元时期的话本，收入《警世通言》后，冯梦龙将题目改为《拗相公饮恨半山堂》《崔待诏生死冤家》《小夫人金钱赠年少》。结合文本中的修改文字，可知这一改动或尊重旧作，集中笔墨揭

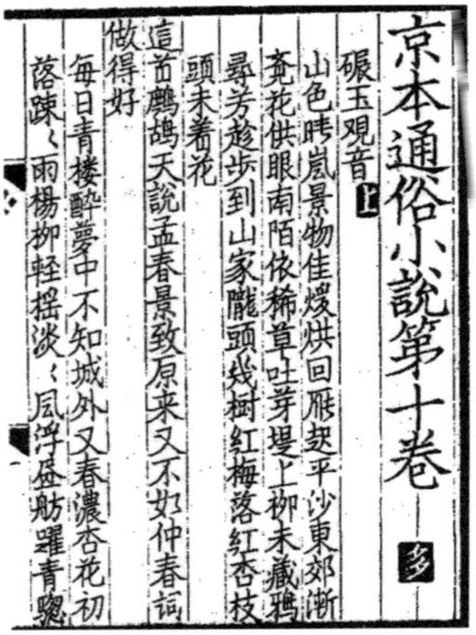
京本通俗小說第十卷 多
碾玉观音 上
山色晴嵐景物佳煖烘回雁起平沙東郊漸
覺花供眼南陌依稀草吐芽堤上柳未藏鴉
尋芳趁步到山家隴頭幾樹紅梅落紅杏枝
頭未着花
這首鷓鴣天說孟春景致原来又不如仲春詞
做得好
每日青樓醉夢中不知城外又春濃杏花初
落踈〻雨楊柳輕搖淡〻風浮画舫躍青驄

◎《京本通俗小说》书影
（据缪荃孙《烟画东堂小品》）

示文本表达的思想；或转移叙述重点，提出新的审美要求和价值取向。值得一提的是，冯梦龙改动旧题并不是单纯地拉长旧题，而是要借助改造后的新题传达新的审美情境。如宋元话本有《柳耆卿诗酒玩江楼记》，在《古今小说》中，冯梦龙将其改为《众名姬春风吊柳七》。结合文本，两题叙述视点及书写对象有了重大的变化。具体地讲，前者叙述文人风流倜傥的生活，后者突出柳永的怀才不遇。

冯梦龙改动宋元话本的做法，对认识宋元话本的原本面貌有一定的阻隔作用，甚至某些改动已背离了原本的文化精神。然而，以冯梦龙为代表的文人参与话本创作的功绩不容否认。文学史的知识告诉我们，一些富有朝气的新文体直接根植于民间，在其发展壮大的过程中，文人的投入是一必不可少的环节。换言之，在文人的参与下，一些从民间兴起的新文体才有可能成为燎原之势。如汉乐府、宋词等文体就是生动的例子。同样的道理，以冯梦龙为代表的文人参与话本创作，对于提高人们对话本的认识，对于打破现存的文学秩序，对于用新思想

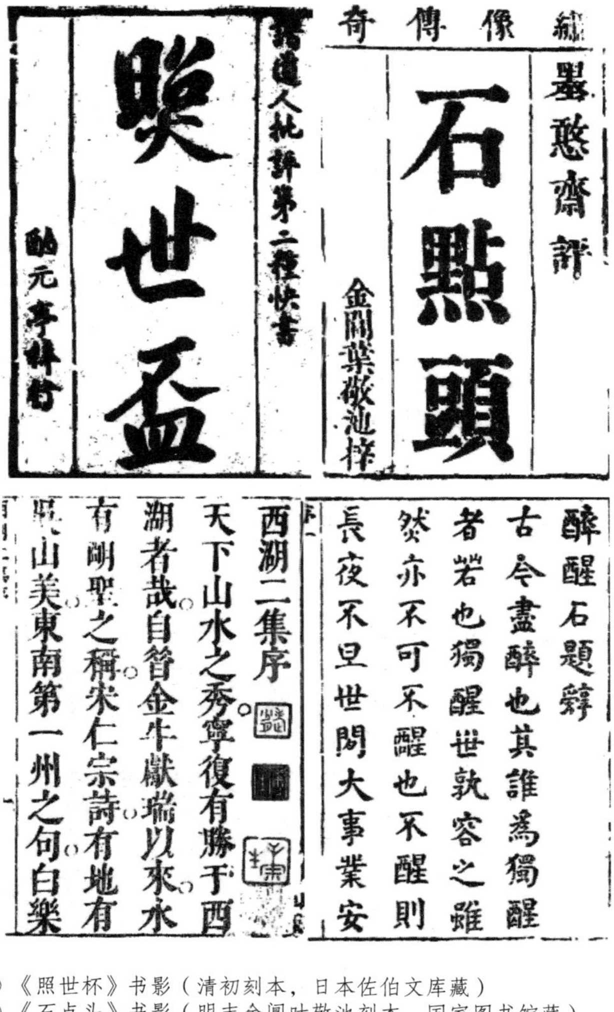
諧道人批評第二種快書
照世盃
酌元亭梓行

繡像傳奇
墨憨齋評
石點頭
金閶葉敬池梓

醉醒石題辭
古今盡醉也其誰為獨醒者若也獨醒世孰容之雖然亦不可不醒也不醒則長夜不旦世間大事業安

西湖二集序
天下山水之秀寧復有勝于西湖者哉自昔金牛獻瑞以來水有明聖之稱宋仁宗詩有地有吳山美東南第一州之句白樂

◎《照世杯》书影（清初刻本，日本佐伯文库藏）
◎《石点头》书影（明末金阊叶敬池刻本，国家图书馆藏）
◎《西湖二集》书影（明崇祯云林聚锦堂刻本，中国艺术研究院藏）
◎《醉醒石》书影（清覆刻本，中国艺术研究院藏）

新思维抨击社会等都具有振聋发聩的力量。

冯梦龙“三言”的文化意义是，通过改变话本的运动方向，将话本从说话人那里解放出来，使话本进入到文人参与创作时期。如明末清初的“拟话本”有《石点头》《醉醒石》《照世杯》《连城璧》《一二楼》《西湖二集》《五色石》等二十余种，其刊行与“三言”有着密切关系。又如《觉世雅言》《醒世骈言》《警世选言》《警世奇观》等拟话本的命名，与“三言”有着直接的联系。即空观主人《初刻拍案惊奇·序》云：“独龙子犹氏所辑《喻世》等诸言，颇存雅道，时著良规，一破今时陋习；而宋、元旧种，亦被搜括殆尽。”因没有旧本，凌濛初干脆放开手脚，“因取古今杂碎事可新听睹、佐谈谐者，演而畅之。”[1]这一作为将文人的注意力引向

◎《二刻醒世恒言·序》书影
（清雍正原刻本，北京大学图书馆藏）

[1] 凌濛初著，陈迩冬、郭隽杰校注《初刻拍案惊奇》，人民文学出版社1991年版，第1页。

◎（明）冯梦龙《警世通言》绣像
（明天启年间兼善堂刻本，日本蓬左文库藏）

了现实。

冯梦龙“三言”以后，“拟话本”沿“世情”“讽世”两大题材的方向行进。诚如芾斋主人在《二刻醒世恒言·序》所云：“墨憨斋所纂《喻世》《警世》《醒世》三言，备极人情世态，悲欢离合，穷工极变。不惟见闻者相与惊愕，且使善知劝而不善亦知惩，油油然共成风化之美。”[1]前一题材反映了文人参与创作后的“以我口写我心”的文化心态，如在一些作品中，对文士风流的事件津津乐道。后一题材继承话本关心现实、批判现实的传统。如《施润泽滩阙遇友》(《醒世恒言》)赞美了施润泽忠厚、恪守信义、乐于助人的品质。又如在《杜十娘怒沉百宝箱》(《警世通言》)中，作者严厉批判了孙富见利忘义、刻薄奸诈的劣迹。

[1] 心远主人著，北京大学图书馆古籍研究室整理，张荣起校订《二刻醒世恒言》，北京大学出版社 1990 年版。

# 叁

# 从讲史到世情：明『四大奇书』略论

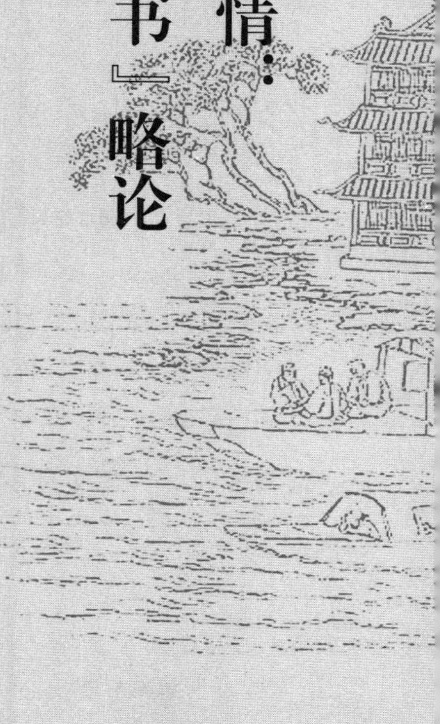

自明“四大奇书”即《三国演义》《水浒传》《西游记》《金瓶梅》问世以后，通俗长篇小说创作从此出现了历史演义、英雄传奇、神魔小说、世情小说等四大流派。在这一背景下，一大批小说家积极地投身于创作，迎来了明清通俗长篇小说的创作高潮。据统计，从1950年到2000年，研究《三国演义》《水浒传》《西游记》《金瓶梅》的论文占明代通俗小说研究论文总量的19.33％、39.11％、11.48％、18.07％，四部小说的研究论文竟然达到研究明代通俗小说总量的87.99％。为此，陈大康先生得出了“‘四大奇书’一直是明代通俗小说研究的重点”[1]的结论。其实，即便是将研究的下限定到晚清，“四大奇书”在通俗小说研究中依旧占有重要的份额。王齐洲先生指出：“‘四大奇书’并不是某个作家在某个时候独立完成的作品，而是在长期的民间创作的基础上由文人整理加工而成的集体智慧的结晶。它们概括了漫长的历史时期内人民群众的社会实践经验，表现了人民群众对于自己的生存式样的直觉把握和对生活方式的深刻体验。”[2]“四大奇书”既是中国通俗长篇小说的发端，同时也是通俗小说的杰出代表。它们的出现大大地动摇了正统文学的根基，通过稠密的叙述将人们的眼光由历史引向对现实的思考。

[1] 陈大康《明代小说史》，人民文学出版社2007年版，第10页。
[2] 王齐洲《四大奇书与中国大众文化》，湖北教育出版社1991年版，第41页。

## （一）《三国演义》的文化意义

元末明初，罗贯中集三国历史及故事之大成写下了《三国演义》。这部小说问世后，立即引起轩然大波。争相传阅的局面可谓是经久不衰。

罗贯中的《三国演义》经历了漫长的成书过程。一般认为，《三国演义》源于陈寿《三国志》，此后，习凿齿《汉晋春秋》、刘义庆《世说新语》、裴松之《三国志注》、司马光《资治通鉴》、朱熹《资治通鉴纲目》、宋代“讲史”、元代《平话三国志》《三分事略》以及元代杂剧民间传说等都为《三国演义》提供了内容丰富的蓝本。其实，《三国演义》素材的来源远不止这些。如罗贯中在接受唐诗的过程中，依据唐诗提供的意境创造出新的故事情节。杜牧《赤壁》云：“折戟沉沙铁未销，自将磨洗认前朝。东风不与周郎便，

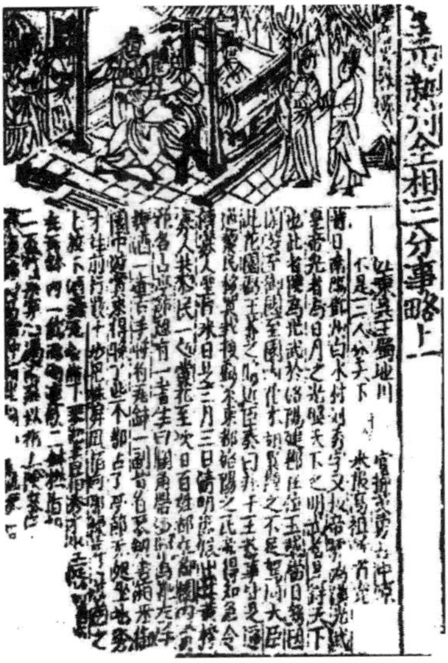
新刊全相三分事略上

◎《三分事略》书影
（元至元年间建安书堂刻本）

铜雀春深锁二乔。”诗以“折戟”起势，用“磨洗”相承，以“东风”转，用“二乔”合。全诗一气呵成，尺幅中具万里之势，形象中寓无限感慨。在《三国演义》中，情节最为跌宕起伏、扣人心弦的自然是描写赤壁之战的部分[1]。以此与杜牧《赤壁》进行对照，应该说，罗贯中描写赤壁之战的情节与《赤壁》一诗有莫大的关系。

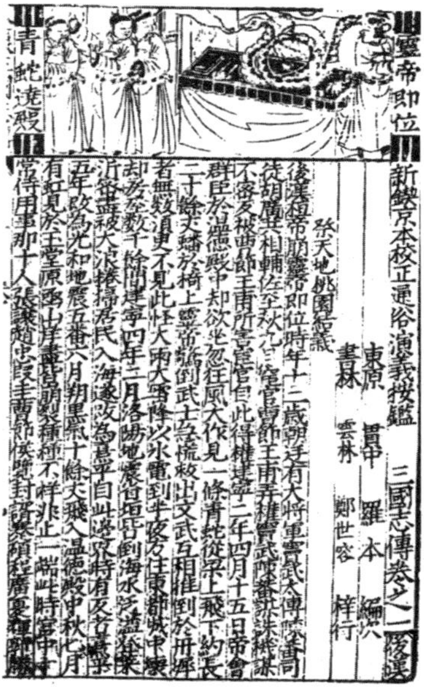


◎《三国志传》书影
（明万历三十九年郑世容刻本）

《三国演义》是一部叙述历史风云的小说。在这部小说中，罗贯中通过叙述政治、军事、外交等错综复杂的局面，描绘了三国波澜壮阔和残酷斗争的场景。《录鬼簿续编》云：“罗贯中，太原人。号湖海散人。与人寡合。乐府隐语，极为清新。与余为忘年交，遭时多故，天各一方。至正甲辰复会。别来又六十余年，竟不

[1] 详细论述参见张强《论〈三国演义〉赤壁之战的叙事节奏》，《南京师大学报》（社会科学版）2006年第5期。

知其所终。”[1]至正是元惠宗的年号，至正甲辰即至正二十四年（1364）。从“别来又六十余年，竟不知其所终”一语中当知，罗贯中是元末明初人，有机会经历或目睹元末大起义的场景。明人王圻写道：“如宗秀罗贯中、国初葛可久，皆有志图王者；乃遇真主，而葛寄神医工，罗传神稗史。”[2]罗贯中有积极入世进取的行为，从这一意义上讲，关注三国历史风云的潜台词实际上是关心现实，是通过叙述历史人物的活动来寄托个人的感慨，来书写个人的志向和理想。

《三国演义》具有强烈的“拥刘抑曹”的思想倾向。追溯这一思想的来源，与长期形成的民间审美认识相关。苏轼记录北宋旧事时写道：“途巷中小儿薄劣，其家所厌苦，辄与钱，令聚坐，听说古话。至说三国事，闻刘玄德败，颦蹙有出涕者；闻曹操败，即喜唱快。”[3]元代《平话三国志》叙述刘备、曹操故事时重点表达了“拥刘反曹”的思想情绪。从文化传承的角度看，赞扬刘备的“仁”是在历史中形成的，这一思想在一定的程度上承担了罗贯中的政治情怀，即通过赞扬刘备、诸葛亮等“仁君贤相”来表达其政治理想。

在《三国演义》中，罗贯中刻意塑造了一批光彩照人的艺

[1]　无名氏《录鬼簿续编》，中国戏曲研究院编《中国古典戏曲论著集成》（二），中国戏曲出版社1959年版，第281页。

[2]　王圻《稗史汇编》卷一〇三《文史门·杂书类》，朱一玄等编《三国演义资料汇编》，百花文艺出版社1983年版，第229页。

[3]　苏轼《东坡志林》卷1，华东师范大学出版社1983年版，第15—16页。

术形象，如智者诸葛亮、义者关羽、奸者曹操、仁者刘备等。这些艺术形象深受人们的普遍欢迎，是因为他们以传统文化为底蕴，契合民族文化的审美心理。

在塑造诸葛亮这一艺术形象的风姿时，罗贯中精心安排了不同的场景和情节。如为了全方位地突出诸葛亮的超人智慧，罗贯中先写诸葛亮未出茅庐先三分天下时的政治远见，又写新野火攻以弱胜强的军事指挥才能，又写出使江东促成联吴抗曹大业的外交能力，再写平定西南七擒七放孟获时以攻心为上的政治谋略等。如在诸葛亮出使东吴时，罗贯中特意安排了诸葛亮善于雄辩的场景。在这一场景中，诸葛亮或晓以大义，或动之以情，或暗藏机锋，或旁敲侧击，一口气驳倒了七个文士，

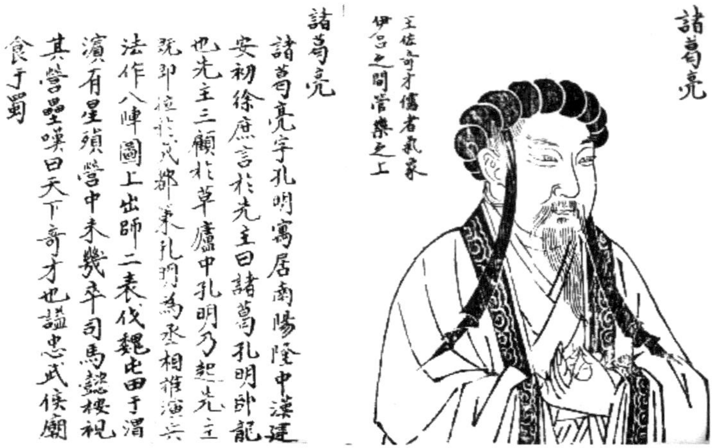


◎《历代古人像赞·诸葛亮》书影、绣像
（明弘治十一年刻本）

从而为孙权与刘备联合拒曹奠定了基础。受雄辩这一特定内容的支配，罗贯中有意识地将笔墨放到了人物的言语方面。“舌战”是诸葛亮与江东群儒发生冲突的中心话语，在这中间，作者通过关注言语的内在变化形式，强调个性化语言在人物话语中的意义，从而为塑造诸葛亮这一智者的形象添上了精彩的一笔。

◎《三国人物像》之刘备绣像（日本早稻田大学图书馆藏）

自以孔子为代表的儒家学说占据社会主导地位以后，以道德伦理为内核的“仁”成为实现政治理想基本内容。当“仁”与“内圣”“外王”叠加在一起时，一方面提出了完善自我的“内圣”要求，另一方面又将追求建功立业的理想与期待“仁君”连接在一起。在叙述中，罗贯中紧扣“仁君”这一意象，刻画了刘备爱民如子的形象。如为了不让新野、樊城百姓遭受曹军的伤害，刘备决定携其同行。当诸葛亮提出“江陵要地，足可拒守。今拥民众数万，日行十余里，似此几时得至江陵？倘曹兵到，如何迎敌？不如暂弃百姓，先行为上”的建议时，刘备哭道：“举大事者必以人为本。今人归吾，何以弃

◎《增像全图三国志演义》绣像
（上海鸿文书局石印本）

之？”（《三国演义》第四十一回）在罗贯中的笔下，刘备的“仁”更多地带有儒家以民为本的色彩，由于这一内容得到社会群体普遍的认同，因此期待刘备这一“仁君”到来，实际上是在关心和维护平民文化心理的诉求。

与“仁”相互补充的概念是“义”。中国古代一直把舍生取义视为道德追求的准则，为了丰富关羽的“义”，罗贯中采用了将“义”外化为“忠”的手法。如兵败被围后，关羽被迫投靠曹操，在这中间，尽管曹操用金钱美女、铸印封侯等各种手段拉拢关羽，由于关羽心存追随刘备的大义，因此始终不为所动。从表面上看，罗贯中是要透过这一情节写关羽忠于刘备的品质，但如果注意到关羽追随刘备的目的是为了“匡扶汉室”，同时注意到关羽视曹操为乱汉贼子的行为，那么，罗贯中赞扬的“义”已不再是朋友间的小义，更多是承担了忠君为民的大义。从这样的角度看，关羽的“义”之所以成为人们津津乐道的对象，是因为经过长期的文化积淀，“义”已成为社会群体认可的传统文化中的合理内核。

与“义”相对立的概念是“奸”。曹操登场后，罗贯中特意安排了曹操枉杀吕伯奢一家九口的情节，并有意识地让曹操说出“宁叫我负天下人，休叫天下人负我”（《三国演义》第四回）令人寒心的话语。随后，围绕“奸”这一中心词展开情节，塑造了曹操奸诈阴险的形象。为了全面展示曹操的“奸”，罗贯中又用“雄”和“疑”补足，试图在更广阔的背景下丰富曹操的形象。所谓“雄”，是指曹操超出常人的雄才大略；所谓“疑”，是指曹操老谋深算，对人不放心。“雄”和“疑”拧结在一起，既道出了曹操在群雄竞起的环境中成为最强大的政治集团的原因，同时也写出曹操因“疑”而造成的政治、军事上的损失。为了突出曹操的“奸”，罗贯中又用关羽的“义”、刘备的“仁”、诸葛亮的“智”作映衬对比，从而丰富了曹操这一艺术形象。

◎《图像三国志》之曹操绣像（清刻本）

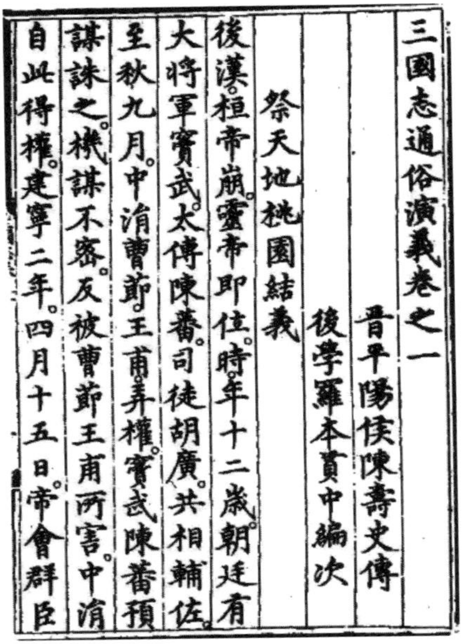

三國志通俗演義卷之一

晋平陽侯陳壽史傳

後學羅本貫中編次

祭天地桃園結義

後漢桓帝崩靈帝即位時年十二歲朝廷有大將軍竇武太傅陳蕃司徒胡廣共相輔佐至秋九月中涓曹節王甫弄權竇武陳蕃預謀誅之機謀不密反被曹節王甫所害中涓自此得權建寧二年四月十五日帝會群臣

◎ 罗贯中《三国志通俗演义》书影（明嘉靖刻本）

《三国演义》是中国古典长篇通俗小说的开山之作。这一时期，长篇通俗小说处于初创阶段，在叙述的过程中势必会出现某些缺陷。如罗贯中特别强调主观情感对人物形象及性格的干预作用，注意从外部冲突和对抗中关注人物的传奇经历。由于这一作为只关心人物性格的某一方面，故无法写出人物性格的丰富性和复杂性。诚如鲁迅先生指出的那样，“至于写人，亦颇有失，以致欲显刘备之长厚而似伪，状诸葛之多智而近妖”[1]。“如他要写曹操的奸，而结果倒好像是豪爽多智；要写孔明之智，而结果倒像狡猾”[2]。此外，《三国演义》的原型是《平话三

[1] 鲁迅《中国小说史略》，《鲁迅全集》第 9 卷，人民文学出版社 1981 年版，第 129 页。

[2] 鲁迅《中国小说的历史的变迁》，《鲁迅全集》第 9 卷，人民文学出版社 1981 年版，第 323 页。

国志》、元代关于三国故事的杂剧等，当《平话三国志》、元杂剧文本的叙事方式成为《三国演义》的思维定式时，为迎合大众忠奸之争的文化心理和审美心理，罗贯中势必要把忠奸之争的理念带到人物塑造之中。当这一情绪化的东西制约或干预作者塑造人物形象时，出现艺术形象平面化的特点，即不能按照人物性格变化的逻辑来塑造艺术形象，给人留下脸谱化的印象似乎成了必然。

◎《精镌按鉴全像鼎峙三国志传》之“桃园结义”绣像（明藜光堂刘荣吾刻本）

## （二）《水浒传》的忠义精神

像《三国演义》那样，《水浒传》亦有漫长的成书过程。

宋江本事正史有载。《宋史·徽宗纪》云：“淮南盗宋江等犯淮阳军，遣将讨捕，又犯京东、河北，入楚、海州界，

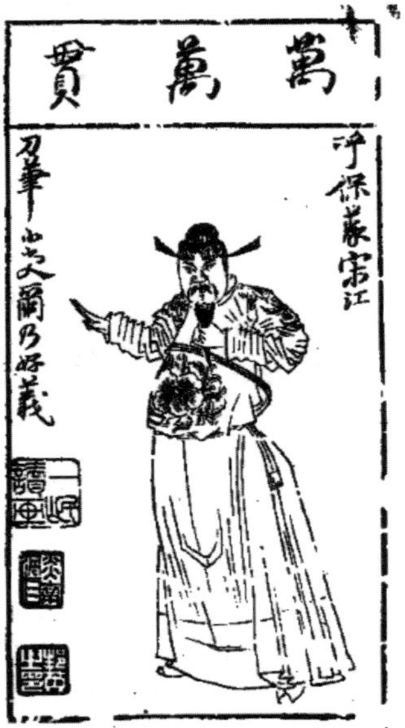


◎（明）陈洪绶“水浒叶子——宋江”版画（国家图书馆藏）

命知州张叔夜招降之。”[1]《侯蒙传》云：“宋江寇京东，蒙上书言：‘江以三十六人横行齐、魏，官军数万无敢抗者，其才必过人。今青溪盗起，不若赦江，使讨方腊以自赎。’”[2]《张叔夜传》：“宋江起河朔，转略十郡，官军莫敢婴其锋。”[3]正史中的记载表明，北宋末年，宋江武装反抗宋王朝的发祥地是在淮南，其声势极为浩大。或许是因为这样的缘故，南宋“说话”出现了“青面兽”“花和尚”“武行者”等名目[4]，表明南宋时期宋江等人的故事已在民间流传。稍后，南宋画家龚开作《宋江三十六人赞》，第一次记录了宋江等三十六人的姓名、绰号。再后，《大宋宣和遗事》将杨志卖刀、智取生辰纲、宋江杀惜、宋江九天玄女庙得天书等故事

[1] 元脱脱等撰《宋史·徽宗纪》，中华书局 1985 年版，第 407 页。
[2] 元脱脱等撰《宋史·侯蒙传》，中华书局 1985 年版，第 11114 页。
[3] 元脱脱等撰《宋史·张叔夜传》，中华书局 1985 年版，第 11141 页。
[4] 罗烨《醉翁谈录·小说开辟》，古典文学出版社 1957 年版，第 4 页。

新刊宣和遺事前集

新編宣和遺事目錄

◎《大宋宣和遗事》书影
（黄丕烈《士礼居丛书》本，复旦大学藏）

连缀起来，为《水浒传》写定本的问世提供了雏形。元代是演绎水浒故事的高峰期，这一时期大量的水浒戏问世，进一步丰富和完善了水浒系列故事。具体地讲，康进之《李逵负荆》、高文秀《双献功》等杂剧文本中已出现“三十六大伙”与“七十二小伙”的提法，水浒一百零八将的雏形已俨然形成。值得注意的是，元代的山东东平是杂剧演出和创作的中心之一，再加上写作水浒戏的剧作家大都是东平人，梁山泊又在东平附近，因此宋江等人故事发生的地点遂由淮南移到了梁山泊。

一般认为，今本《水浒传》的最后写定者是施耐庵，从南宋有宋江等人的故事开始，又经元杂剧的丰富，可以说，元末明初施耐庵完成《水浒传》的最后写定工作是在充分吸收前人成果的基础上实现的。《水浒传》的全称是《忠义水浒传》。

在反拨历史演义塑造人物的过程中，《水浒传》既吸收了《三国演义》中的创作元素，同时又在英雄传奇方面进行了新的探索。如题所示，施耐庵在表达思想时特意强调了“忠义”二字，并将“忠义”思想贯穿于《水浒传》的始终。

客观地讲，如何认识《水浒传》中的“忠义”一直是争论最多的话题。站在不同的立场上，不同的人有不同的看法，甚至一些认识是截然对立的。李贽云：

> 夫忠义何以归于水浒也？其故可知也。夫水浒之众何以一一皆忠义也？所以致之者可知也。今夫小德役大德，小贤役大贤，理也。若以小贤役人，而以大贤役于人，其肯甘心服役而不耻乎？是犹以小力缚人，而使大力者缚于人，其肯束手就缚而不辞乎？其势必至驱天下大力大贤而尽纳之水浒矣。则谓水浒之众，皆大力大贤有忠有义之人可也。然未有忠义如宋公明者也。今观一百单八人者，同功同过，同死同生，其忠义之心，犹之乎宋公明也。独宋公明者，身居水浒之中，心在朝廷之上，一意招安，专图报国，卒之于犯大难，成大功，服毒自缢，同死而不辞，则忠义之烈也！……故有国者不可以不读，一读此传，则忠义不在于水浒，而皆在于君侧矣。宰相不可以不读，一读此传，则忠义不在于水浒，而皆在于朝廷矣。兵部掌军国之枢，督府专阃外之寄，是又本可以不读也，苟一日而

读此传，则忠义不在水浒，而皆为干城心腹之选矣。否则不在朝廷，不在君侧，不在干城腹心，乌呼哉？在水浒。此传之所以为发愤矣。[1]

李卓吾先生批評忠義水滸傳卷之一
第一回
張天師祈禳瘟疫　洪太尉誤走妖魔
詩曰
絳幘雞人報曉籌　尚衣方進翠雲裘　九天閶闔開
宮殿　萬國衣冠拜冕旒　日色纔臨仙掌動　香煙
欲傍袞龍浮　朝罷須裁五色詔　佩聲歸到鳳池頭
話說大宋仁宗天子在位嘉祐三年三月三日五更三點
天子駕坐紫宸殿受百官朝賀但見
祥雲迷鳳閣瑞氣罩龍樓含烟御柳拂旌旗帶露宮花
迎劍戟天香影裡玉簪珠履聚丹墀仙樂聲中綉襖錦

◎《李卓吾先生批评忠义水浒传》书影（明容与堂刻本）

李贽站在“异端”的立场上高度赞扬了《水浒传》描写的“忠义”。在李贽看来，以宋江为首的“水浒之众，皆大力大贤有忠有义之人”，那么，既然“有忠有义”为什么还要啸聚梁山，反对现存的政治秩序呢？在深入分析研究的基础上，李贽从两个不同的视角论述了“忠义”存于梁山的依据，一是梁山聚义是由小人当道造成，在被迫啸聚梁山的过程中，宋江等依旧心系朝廷，等待招安和报国的机会，因此“忠义”存在于梁山

[1]　李贽《读〈忠义水浒全传〉序》，陈曦钟、侯忠义、鲁玉川辑校《水浒传会评本》，北京大学出版社 1981 年版，第 28—29 页。

众好汉的身上；二是“有国者”阅读后，虽可以认为“忠义”不在宋江等人，但他们应认识到《水浒传》是一部“发愤”之作，作者施耐庵是心系朝廷的。这样的观点显然不能为专制卫道士所接受，如金圣叹写道：

> 施耐庵传宋江，而题其书曰《水浒》，恶之至，迸之至，不与同中国也。而后世不知何等好乱之徒，乃谬加以“忠义”之目。呜呼！忠义而在“水浒”乎哉？忠者，事上之盛节也；义者，使下之大经也……且水浒有忠义，国家无忠义耶？夫君则犹是君也，臣则犹是臣也，夫何至于国而无忠义？此虽恶其臣之辞，而已难乎为吾之君解也。父则犹是父也，子则犹是子也，夫何至于家而无忠义？此虽恶其子之辞，而已难乎为吾之父解也。[1]

在金圣叹眼里，宋江等人无论如何不能称为“忠义”，如果肯定这些“好乱之徒”的行为，以“忠义”标榜《水浒传》，必然会给社会秩序造成混乱。为此，金圣叹在批改《水浒传》时不但从书名上删掉了“忠义”二字，而且还将《水浒传》拦腰斩断，只取受招安前的七十一回。

尽管李贽与金圣叹的观点截然对立，但无论是肯定还是

---

[1] 金圣叹《第五才子书施耐庵水浒传序二》，凤凰出版社 2008 年版，第 17—18 页。

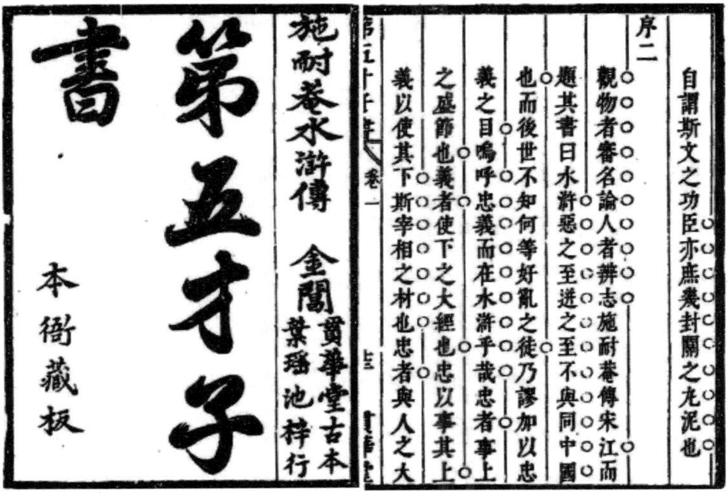
第五才子書

施耐菴水滸傳

貫華堂古本

金閶葉瑤池梓行

本衙藏板

自謂斯文之功臣亦庶幾封關之龙泥也

序二

觀物者審名論人者辨志施耐菴傳宋江而題其書曰水滸惡之至迸之至不與同中國也而後世不知何等好亂之徒乃謬加以忠義之目嗚呼忠義而在水滸乎哉忠者事上之盛節也義者使下之大經也忠以事其上義以使其下斯宰相之材也忠者與人之大

◎《第五才子书施耐庵水浒传》书影
（贯华堂刻本）

否定宋江等啸聚梁山的行为，关注的焦点均集中在“忠义”方面。可以说，“忠义”是施耐庵以《水浒传》为思想载体的中心词。如九天玄女传授“天书”时，嘱咐宋江：“汝可替天行道，为主全忠仗义，为臣辅国安民，去邪归正，他日功成果满，作为上卿。”（《水浒传》第四十二回）宋江坐上梁山头把交椅后，第一件事就是把“聚义厅”改为“忠义堂”（《水浒传》第六十回）。这些都表明，《水浒传》是以宣扬“忠义”为己任的。

从叙事的角度看，施耐庵描绘的“忠义”大体上可分为三个层次。其一，先从小聚义入笔，写晁盖等“替天行道”的行为。其二，建立“替天行道”与“忠”的联系，寻找不同诉求的平衡点。宋江劝降徐宁时说：“现今宋江暂居水泊，专待朝廷招安，尽忠竭力报国，非敢贪财好杀，行不仁不义之事。万望观察怜此真情，一同替天行道。”（《水浒传》第五十六回）其三，将“忠”改造为“忠君”即忠于朝廷，以“忠君”相号召，走上招安之路。如晁盖在世时，坐梁山第二把交椅的宋江专门向宿太尉表白道：“宋江原是郓城县小吏，为被官司所逼，不得已啃聚山林，权借梁山水泊避难，专等朝廷招安，与国家出力。”（《水浒传》第五十九回）由于招安是宋江早就定下的思想路线，因此，梁山一百零八人大聚义时，宋江率众许愿：“一则祈保众兄弟身心安乐；二则惟愿朝廷早降恩光，赦免逆天大罪，众当竭力捐躯，尽忠报国，死而后已；三则上荐晁天王早生天界，世世生生，再得想见。”（《水浒传》第七十一回）除了对生者与死者的祝福外，宋江将内在的“忠君”思想外化为期待招安的情绪。

一个时代有一个时代的文化诉求。尽管《水浒传》的“忠义”具有浓厚的维护专制统治秩序的色彩，然而，当统治阶级的思想占据社会主导地位或成为社会群体共同接受的思想时，站在后来者的立场上自然可以发现它的缺陷，但不能因此否定它曾经有过的意义和价值。换言之，当“忠义”楔入社会群体的文化心理时，“忠义”作为一种准则势必要规范每一个社会成员的思想行为。也就是说，当“忠义”得到社会群体广泛的认同时，其内在的感召力和凝聚力必然会为不同的社会群体所接受。从这一意义上讲，“忠义”思想是阅读《水浒传》时首先要关注的内容。

◎《李卓吾先生批评忠义水浒传》绣像，
（明容与堂刻本，中国国家图书馆藏）

## （三）《西游记》的人生追求

吴承恩的《西游记》成书经历了一个漫长的过程。《西游记》最早的蓝本是《大唐西域记》（以下简称《西域记》）。唐太宗贞观初年，高僧玄奘归国后奉诏讲述只身赴天竺（今

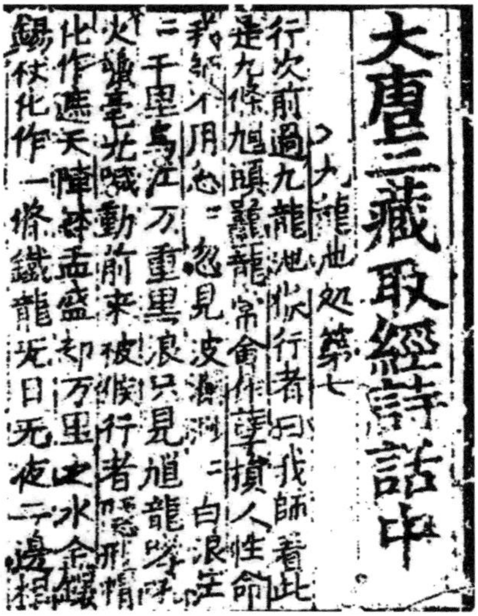
大唐三藏取經詩話中
入九龍池處第七
行次前過九龍池處猴行者曰我師看此
是九條馗頭鼉龍常會作孽損人性命
我師不用心忙忽見波浪渺渺白浪茫
茫千里烏江万重黑浪只見馗龍哮吼
火鬣毫光喊動前来被猴行者隱形帽
化作遮天陣鉢盂盛却万里之水金鐶
錫杖化作一條鐵龍无日无夜二邊相

◎《大唐三藏取经诗话》书影

（文学古籍刊行社1954年影印宋刻本）

印度）取经的经历，根据这一口述，弟子辨机记录整理了《西域记》。几乎是与此同时，玄奘的另两个门徒慧立、彦悰又撰写了《大唐大慈恩寺三藏法师传》（以下简称《法师传》）。两者之间互为补充，为后来西行取经的故事奠定了基础。

将佛教传说故事的神异性添加到《法师传》中，对于提升《西游记》的文化品质起到了至关重要的作用。很难设想，如果没有《法师传》，后来者在续写西游故事时会创造出以神变故事为核心的想象空间。《西游记》的文化品质有别于《三国演义》和《水浒传》，就是因为它在成书过程中吸收了佛教文化的营养。

南宋是西游故事本土化的重要阶段，这一时期出现了《大唐三藏取经诗话》（以下简称《诗话》）。《诗话》共上中下三卷，约1.6万字。从情节构成上看，《诗话》最重要的特点是，在改造《法师传》故事的基础上将西游故事本土化。《诗话》的作者注意消解佛教故事中神变的色彩，将深植于民族文化心理的神话引入取经故事之中，即通过消解佛教中的神变，将取经故事本土化。如猴行者自称是“花果山紫云洞八万四千铜头铁额猕猴王”，因偷了西王母十颗蟠桃，“被王母捉下……配在花果山紫云洞”。西王母的神话故事发生在佛教传入中国以前，因此，作者将西王母的故事引入《诗话》与佛教神变故事无关。将西王母的故事引入西游故事具有特殊的意义，它表明，三藏法师西行取经的故事经过改造已开始具有本土化的特点。从这时起，取经故事开始兼顾到两个方面，一是将深植于民族文化心理中的神话引入西行取经的故事之中；二是充分发掘佛教神变故事的想象空间。如猴行者遇白虎精时钻入对方肚中的战术等，就与佛教故事有直接的联系。这些情况表明，《诗话》既是《西游记》成书过程中的重要阶段，同时也是西游故事本土化的重要阶段。

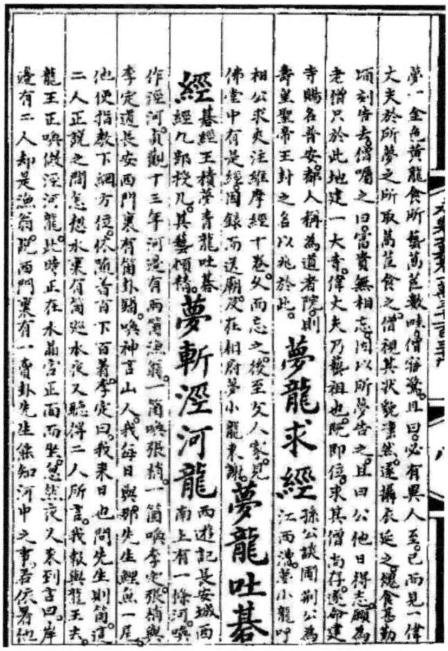
夢一金色黄龍食所藝萬苣數味僧甚驚且曰必有異人至已而見一偉
大夫於所夢之所取萬苣食之僧視其狀貌凛然遂攝衣延之饋食甚勤
詢刻告去僧囑之曰富貴無相忘因以所夢告之且曰公他日得志願為
老僧只於此地建一大寺偉丈夫乃藝祖也既即位求其僧尚存遂命建
寺賜名普安都人稱為道者院則
壽星聖帝王封之名以兆於此
夢龍求經　孫公談圃荆公為江西漕董小龍吁
相公求夾注維摩經十卷又而忘之後至父人家見
佛堂中有是經因錄而送廟既在相府夢小龍來謝
夢龍吐碁　經碁經王積薨青龍吐碁經凡郡投几其藝傾精
夢斬涇河龍　西遊記長安城西南上有一條河喚
作涇河貞觀十三年河邊有兩箇漁翁一箇喚張梢一箇喚李定張梢與
李定道長安西門裏有箇卦鋪喚神言山人我每日與那先生鯉魚一尾
他便指教下網方位依隨着百下百着李定曰我来日也問先生則箇這
二人正說之間怎想水裏有箇巡水夜叉聽得二人所言我報與龍王去
龍王正喚做涇河龍此時正在水晶宮正面而坐忽然夜叉來到言曰岸
邊有二人却是漁翁說西門裏有一賣卦先生能知河中之事若依着他

◎ 明《永乐大典》卷一三一三九书影
（1960 年中华书局影印明刻本）

西行取经故事的定型是在元代。如元

◎ 甘肃榆林元代《唐僧取经图》壁画

刊《西游记平话》基本上具备了今本《西游记》的骨架。除此之外，明《永乐大典》卷一三一三九“梦”字条保存了元代《西游记平话》“梦斩泾河龙”的文字，其内容与现存最早的《西游记》版本世德堂刻本的第九回基本相同。古代朝鲜《朴通事谚解》保存了车迟国斗圣的故事，其内容相当于《西游记》第四十六回的一部分。这些都表明，早在元代《西游记》已具有了一定的规模，吴承恩《西游记》是在它们的基础上写定的。这一时期总趋势是，沿着《诗话》确定的框架丰富玄奘西行取经的故事。如在叙述取经队伍的构成时，《诗话》出现了“助和尚取经”的白衣秀士猴行者以及脖子上面挂枯骨的深沙神等人物，将玄奘一人独行拓展为三人同行。到了元刊本《西游记平话》中，取经人数由三人变为四人，开始出现四人取经集团。

与宋代相比，金元两代是《西游记》成书过程中的重要阶段。这一时期，除了有《西游记平话》等话本之外，戏曲也为

《西游记》的成书和完善作出了贡献。如金院本《唐三藏》、元吴昌龄《唐三藏西天取经》、元末明初杨景贤《西游记》杂剧等，都为吴承恩最后写定《西游记》提供了广泛的素材。在这中间，有三个方面的内容特别值得一提：其一，宋代的《诗话》基本属于西行取经故事的雏形期。如在发明猴行者这一人物时，作者受到中国传统文化的影响，一方面将猴行者塑造为偷了西王母蟠桃的猕猴王，另一方面又以“白衣秀士”称之。这表明，《诗话》在照顾民族欣赏习惯方面进行了一些开拓，但猴行者应具有什么样的身份更能符合民族的欣赏习惯，还没有作深入的思考。相比较而言，金元两代进行了很好的尝试，可能是在说唱的过程中发现受众更喜欢猴行者的形象，因此取消了猴行者“白衣秀士”的身份。其二，把中国神话糅合到佛

◎（明）朱鼎臣编辑《唐三藏西游释厄传》书影
（明刻本，日本日光轮王寺慈眼堂藏本）

教神变故事之中，极大地拓展了想象的空间。其三，有意识地将流传在民间的道教人物和故事引入取经故事，从而丰厚了《西游记》的内容，扩大了受众面。这三点拧结在一起，使成书过程中的《西游记》发生了文化位移，从历史的角度看，这一位移的结果是使西游故事更贴近民族的欣赏习惯和审美要求。也就是说，元代在《西游记》成书过程中的最大贡献是，冲淡取经故事中的宗教色彩，增强传统文化的内容，以受众喜闻乐见的形式对《西游记》的文化选择提出规范。

元代是《西游记》最后定型的重要转折期。取经故事不断地丰富以及向民族化的方向行进给《西游记》提出了新的文化要求。那么，这一新的文化要求由谁来承担呢？历史的责任落到了吴承恩的肩上。

吴承恩（约1510—约1582），字汝忠，号射阳山人，江苏淮安人，是《西游记》最后的写定者。自《诗话》出现以后，西游故事的大趋势是去除宗教色彩，向中华民族喜闻乐见的方向回归。早在参加创作《西游记》的行列之前，吴承恩已表现出对中国神话故事的独特喜爱。他在交代其学养时写道："余幼年即好奇闻。在童子社学时，每探野史稗言，惧为父师诃夺，私求隐处读之。比长好益甚，闻益奇。"[1]这段话是吴承恩为其创作的文言小说《禹鼎志》写下的序言，《禹鼎志》描

[1] 吴承恩《禹鼎志序》，刘修业辑校《吴承恩诗文集》，古典文学出版社1958年版，第62页。

◎ 江苏省淮安市楚州区河下镇吴承恩故居

写了大禹治水的故事，从交代的写作动机看，吴承恩是十分喜欢这一深植在民族文化心理之中的神话的。此外，明天启《淮安府志》亦称吴承恩“性敏而多慧，博极群书，为诗文下笔立成，清雅流丽，有秦少游风，复善谐剧”。由于有了这样的知识文化背景，吴承恩遂具备了最后写定《西游记》的资格。进而言之，由于吴承恩对中国神话有着深刻的认识和特殊的喜爱，再加上西游故事在成型的过程中有吸收中国神话的一面，这两者间的契合，遂为吴承恩最后写定《西游记》，在《西游记》中大量采用中国古老的神话奠定了坚实的基础。

在结构方面，《西游记》由三个大故事组成。第一个故事（第一回至第七回），叙述孙悟空出世学艺及大闹天宫；第二个故事（第八回至第十二回），写江流儿（玄奘）的身世，进而交代取经的缘由[1]；第三个故事（第十三回至第一百回），写取经途中的八十一难并交代取经的结局。这三个部分相互连

[1] 现存最早的《西游记》刻本为世德堂刻本，该本中没有江流儿的身世。从吴承恩创作的情况看，江流儿的身世当是《西游记》应有的内容。

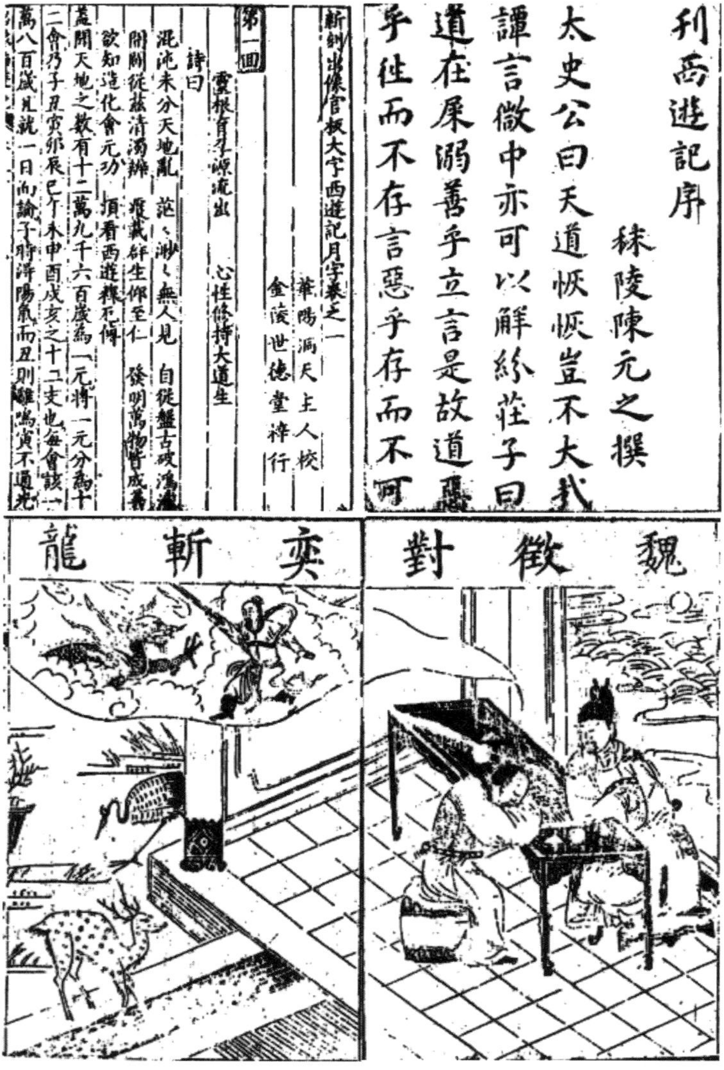


◎ 吴承恩《西游记》书影、绣像
（明金陵世德堂刻本）

结，不但使《西游记》成为一个叙述的整体，而且还通过这一组织构造显示了《西游记》的主题思想。然而，长期以来一直存在着忽略第二部分的倾向。

情节是叙事类作品的思想载体，结构承担了作者的思想。在第二部分中，吴承恩有意识地强调了这样几个情节：

第一，写江流儿的故事。具体讲述了两个故事，一是江流儿出生时的遭遇，二是江流儿报仇雪恨，奏请朝廷诛杀罪犯刘洪，以及江流儿全家获得团圆的故事。

第二，写老龙王犯天条的故事。泾河龙王与袁守诚打赌，奉命行雨时故意改时辰和少点数，因此触犯天条。

第三，写唐太宗游地府的故事。因魏徵梦斩泾河龙，泾河龙王向唐太宗索命，唐太宗因此魂游地府，幸遇崔判官改生死簿，从而还生阳间。

第四，唐太宗魂游地府枉死城时，见其所杀之人的阴魂，应允作“水陆大会”以超度冥府阴业，由此引出玄奘西行取经之事。

从《西游记》叙述结构上看，第二部分的四个情节与第一部分有一定的对应性。具体地讲，第一个情节写江流儿出生的故事，这一故事与孙悟空出世的故事有一定的对应性。前者强调江流儿在现实中的苦难；后者叙述孙悟空出生的神奇性。第二个情节，老龙王犯天条与孙悟空大闹天宫存在着对应性。前者人间、地府交替出现，其主要场景放在人间；后者将场景放到龙宫和天宫（先写孙悟空索取金箍棒大闹龙宫，后写孙悟空大闹天宫的故事），将叙述场景放到非现实世界。第三个情节写唐太宗通过人事关系延寿，这一情节与孙悟空自行销毁生死簿有一定的对应性。第四个情节写“水陆大会”超度众生的故事，这一情节与“安天大会”形成对应。具体地讲，唐太宗安抚地府中的幽魂与如来帮助玉皇大帝重建天宫秩序有对应性。

细细品味《西游记》第一部分和第二部分在情节上的不同，这一对应关系旨在从不同的层面揭示作者寓于作品中的思

◎《绣像西游记》书影、绣像
（上海锦章图书局 1915 年石印）

想。在第一部分中，吴承恩通过叙述孙悟空大闹龙宫和天宫等情节，以绮丽的笔调描述了非现实的世界，赞扬了勇于追求自由的大无畏精神。在第二部分中，吴承恩以关注现实中的苦难为着眼点，通过叙述江流儿和唐太宗的故事揭露现实中的丑恶。《禹鼎志序》云：“盖不专名鬼，时纪人间变异，亦微有鉴戒寓焉。”[1]在评价《西游记》时，鲁迅先生提出了“讽刺揶揄则取当时世态”[2]的著名论断，与此同时，又在胡适观点的基础上指出：“故虽述变幻恍惚之事，亦每杂解颐之言，使神魔皆有人情，精魅亦通世故，而玩世不恭之意寓焉。”[3]吴承恩在叙述绮丽而又浪漫的孙悟空故事之后，又以第二部分写江流儿的故事、第三部分写取经的故事，这样做的目的是为了体验人生、讽喻现实。换言之，第二部分在《西游记》中具有承上启下的作用，叙述江流儿的故事的目的：一是将人们从充满了激情的浪漫世界拉回到现实社会，以冷静的态度看待人生；二是去除蒙在西行取经上的神话色彩，告诉读者取经绝不是为了浪漫，而是要经受人生的种种磨难。如第二部分写崔判官为唐太宗添寿（第十一回）的故事与第三部分阿傩、伽叶向唐僧

---

[1] 吴承恩《禹鼎志序》，刘修业辑校《吴承恩诗文集》，古典文学出版社 1958 年版，第 62 页。

[2] 鲁迅《中国小说史略》，《鲁迅全集》第 9 卷，人民文学出版社 1981 年版，第 162 页。

[3] 鲁迅《中国小说史略》，《鲁迅全集》第 9 卷，人民文学出版社 1981 年版，第 165 页。

索取“人事”（第九十八回）的故事有一定的对应性，这一对应旨在批判明中叶以来社会风气日下、贪官污吏横行的现实。又如《西游记》多次涉及西域国王因信奉道教而误国误民的行为，这些故事使人很容易想起明中叶嘉靖皇帝不理朝政、崇信道教、祈求长生不老的荒诞行径。据载，嘉靖皇帝宠幸道士，道教徒邵元节除了“总领道教”外，还被官拜礼部尚书，“赐一品服”[1]。邵元节死后，道士“陶仲文以仓官召见，献房中秘方，得幸世宗。官至特进光禄大夫柱国少师少傅少保、礼部尚书、恭诚伯、禄荫至兼支大学士俸……封号至神霄紫府阐范保国弘烈宣教振法通真忠孝秉一真人。见则与上同坐绣墩。君臣相迎送，必于门庭握手方别”[2]。由此考察第三部分，应该说，吴承恩以冷眼旁观的姿态来描绘明中叶的社会生活画卷，与第二部分抒写现实中的苦难有密切的联系。进而言之，吴承恩在纵笔抒写孙悟空大闹天宫的故事之后，叙述江流儿在现实中的苦难是有深意的。第二部分除了具有连接第一和第三部分的功能外，更重要的是去除了有可能出现的误读，引导人们越过语意的表层，去思索取经与现实之间的联系。也就是说，先写孙悟空出世和大闹天宫的故事，再写江流儿的故事，与吴承恩赋予取经故事以新的文化品质有密切的关系。换言之，在继

[1] 张廷玉等《明史·佞幸传》，中华书局1974年版，第7895页。
[2] 沈德符《万历野获编》卷二十一《秘方见幸》，中华书局1959年版，第546页。

承前代取经故事的过程中，吴承恩需要改造和加工旧有的文学形式，需要寻找一个能表现其思想和情感的载体。这一载体通过第二部分的叙述强调了寻找实现人生价值的途径，承担了吴承恩对人生的感悟和审美理想。

就篇幅而言，《西游记》叙述的主体自然是第三部分。然而，没有第一和第二部分为第三部分作铺垫，那么，第三部分的叙述将会黯然失色。文学叙述的基本要素是情节，情节主要是由开端、发展、高潮和结局等要素构成。在叙述的过程中需要前后关照，需要交代前因后果。在第三部分中，吴承恩一方面把讽刺批判的矛头指向了玉皇大帝（专制社会的最高统治者）、神仙佛道以及妖魔鬼怪，另一方面也对取经人物身上的缺点进行了讽刺和批判。如对唐僧不辨真伪的批判，对孙悟空目空一切、爱捉弄人等毛病的讽刺，对猪八戒好吃懒做、爱拨弄是非的嘲讽，等等。吴承恩把他们作为现实生活中的活生生的人，或予以批判，或予以赞扬，让他们扎根于民族审美的心理之中，成为带有民族风格和特质的艺术典型，并通过他们描绘了一幅生动的社会风俗画卷。故胡适先生写道：“我要请问一切读者：如果著者没有一肚子牢骚，他为什么把玉帝写成那样一个大饭桶？为什么把天上写成那样黑暗，腐败，无人？为什么教一个猴子去把天宫闹的那样稀糟？”[1]从这一意义上

[1] 胡适《中国章回小说考证·西游记考证》，上海书店1979年版，第356页。

讲，如果没有第二部分的铺垫，那么，第三部分将会失去存在的依据并变得单薄。从内容上看，吴承恩通过叙述孙悟空和江流儿的系列故事，强调了追求心灵自由和直面人生的思想，当这一思想寓于取经故事的叙述过程时，在一定的程度上为第三部分增添了新的思想内容。

从大的方面讲，《西游记》第三部分的结构采用了纪行的艺术手法。如果从文学继承的角度来看，这自然不是吴承恩的个人创造，只能说他是继承了《西域记》《诗话》等的结构形式，但只要深究一下就可知道，问题并不仅仅如此，吴承恩创造性地运用这一艺术手法已经加入了他的独特内容。首先，他在这一叙述手法中加入了因果关系（详后），把作品中出现的偶然事件用必然性联系起来，从而推动了情节的有序发展。其二，在平淡无奇的叙述中制造悬念。常常是一波未平，一波又起，通过富有戏剧色彩的情节来激发读者的好奇心，给人以眼花缭乱之感。其三，在叙述的过程中注意调节各种事件的自然形态，创造出更为有条理或更为充实的场景，进而保持叙述中的平衡和匀称。

与第一和第三部分相比，《西游记》第二部分的叙述结构十分特别。从叙述结构看，无论是第一部分写孙悟空的故事，还是第三部分写西行取经的故事，其线索都是单一的。与之相对的是，第二部分的叙述线索呈双线结构。如吴承恩在叙述玄奘奉旨做“水陆大会”的同时，又叙述了观音奉如来之命往东土寻求取经人的线索，这两条线索拧结在一起，遂使故事叙述在西行取经这一事件上会合了。通过这一叙述，第二部分在勾连第一部分和第三部分的过程中，使玄奘与孙悟空会合到一起，将叙述引向玄奘与孙悟空合作西行取经的行程。也就是说，第二部分的叙述是独具匠心的，这一内容不但为西行取经埋下了伏线，而且还起到了调节读者情绪的作用，使沉浸在浪漫故事中的人们冷静下来，去经历人生痛苦，在此基础上突出人生旅程上的苦难。进而言之，第二部分强调现实中的苦难，不但为重墨抒写取经中的人生磨难作出了必要的暗示，而且使西行取经具有了象征意义。具体地讲，这一象征意义就是以坚定的人生信仰面对人生进程中的种种磨难。

受经学的影响，“文以载道”成为文学的主导思想，在这一思想的支配下，中国古代小说虽不乏审美的佳作，但大多数成了劝善惩恶、传经布道的工具。在这一背景下，吴承恩以超出同时代人的勇气改造取经故事、承担起写作《西游记》的责任，以实绩完成了批判“文以载道”的任务。胡适先生指出：“《西游记》所以能成世界的一部绝大神话小说，正因为《西游记》里种种神话都带着一点诙谐意味，能使人开口一笑，这一笑就把那神话‘人化’过了。我们可以说，《西游记》的神话是有‘人的意味’的神话。”[1]所谓“人的意味”至少有三

[1]　胡适《中国章回小说考证·西游记考证》，上海书店1979年版，第362页。

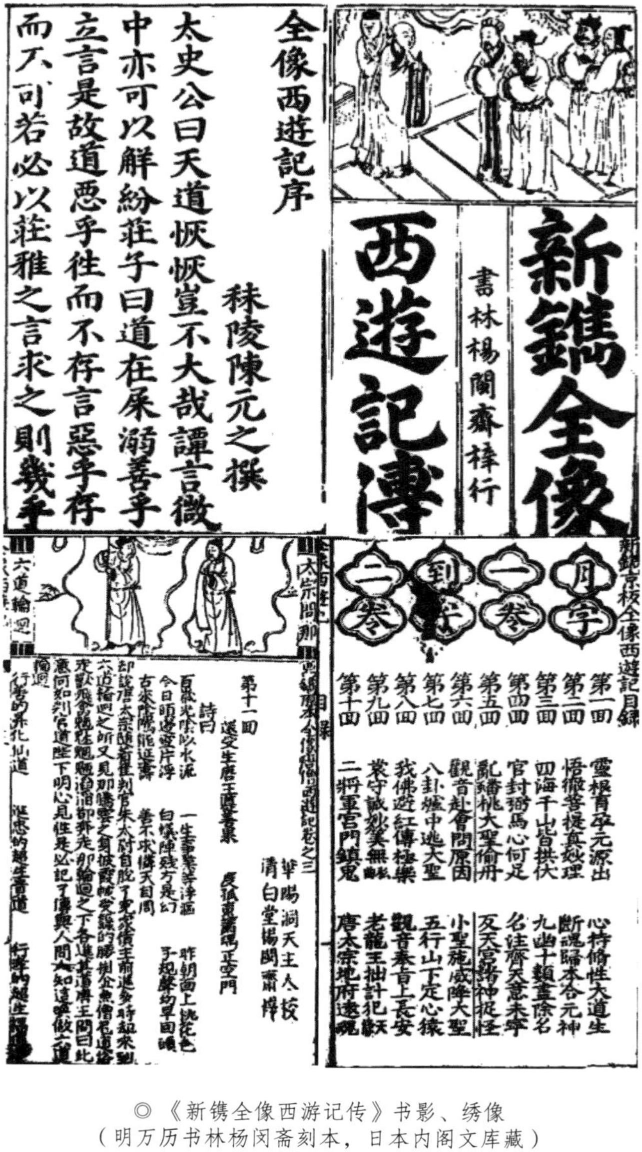
全像西遊記序

秣陵陳元之撰

太史公曰天道恢恢豈不大哉譚言微中亦可以解紛莊子曰道在屎溺善乎立言是故道惡乎往而不存言惡乎存而不可若必以莊雅之言求之則幾乎

新鐫全像

書林楊閩齋梓行

西遊記傳

新鐫京板全像西遊記目錄

月字 一卷　到字 二卷



新鐫京板全像西遊記卷之三

華陽洞天主人校
清白堂楊閩齋梓

第十一回 還受生唐王遵善果 度孤魂蕭瑀正空門

詩曰

百歲光陰似水流 一生事業等浮漚 昨朝面上桃花色 今日頭邊雪片浮 白蟻陣殘方是幻 子規聲切早回頭 古來陰騭能延壽 善不求憐天自周

◎《新镌全像西游记传》书影、绣像
（明万历书林杨闽斋刻本，日本内阁文库藏）

层含意：一是指作品反映现实的程度；二是指作家的人生体验和作品折射出的人生经验；三是指作家的审美意象，将个人的情感、意念、直觉和哲理等寓于作品之中。当吴承恩思考《西游记》的艺术结构时，以其独特的审美意识和艺术见解安排了《西游记》的叙述事件，一方面使《西游记》承担起了讽喻现实的责任，另一方面又有意识地强调人的主体力量，即将人的精神借助于人物活动表现出来，从而强化了审美主体的意识。

在研究《西游记》主题的过程中，一些学者提出了反映人生、追求真理与寄托理想等不同的说法。但他们的研究都过分地强调了《西游记》结构中的第一部分和第三部分的作用，而忽视了第二部分在作品中应有的地位。我以为，要正确地研究《西游记》的主题必须从《西游记》的结构入手，特别应注意第二部分对全书的作用，作者在这里显然是想让我们从孙悟空大闹天宫的热情中冷静下来，回到现实，再从现实中踏上西天取经的漫长路程。也就是说，吴承恩的意图是想通过孙悟空在显示人的主体力量后，让我们冷静下来，然后再展现人生旅程（八十一难），向我们描述整个社会生活风俗画面，强调人的主体意识与整个社会环境的冲突。然而，吴承恩毕竟生活在专制社会，因认识水平和能力不可能超越他所处的时代，因此他所强调的人的主体意识毕竟是有限的。

吴承恩还对明代中叶以后政治窳败、特务肆虐的现实进行了描述，如《西游记》第六十八回写唐僧一行来到朱紫国时提到了"锦衣校尉"。锦衣校尉为明代特务组织锦衣卫中的职官，该组织建立于洪武十五年（1382），是直接受命于皇帝从事监视、侦缉活动的特务机构。为强化特务组织机构的功能，随后，明统治者又建立了东厂和西厂等特务机构。厂卫制度的不断完善标志着明代君主政治彻底地走向黑暗，这种黑暗的现实自然会给吴承恩留下深刻的印象。如明世宗时，严嵩、严世蕃父子贪赃枉法，"凡文武迁擢，不论可否，但衡金之多寡而畀之。将弁惟贿嵩，不得不朘削士卒；有司惟贿嵩，不得不掊克百姓。士卒失所，百姓流离。"[1]乌鸡国国王的位置之所以为狮猁怪所霸占，其原因是狮猁怪"官吏情熟"，与神佛阎王有亲，于是乌鸡国国王就有冤难伸，有仇难报（第三十七回）。这些描述实际上是明代中叶政治黑暗、贪赃枉法的形象反映。

### （四）《金瓶梅》暴露现实的精神

约四百年前，在审视古典长篇小说的进程中《金瓶梅》诞生了。与同时代的长篇小说相比，《金瓶梅》最大的特点是打破传统的叙事方式，开始了批判现实和暴露丑恶的历程。由于书写格式十分特别，审美风格迥异于已有的古典长篇小说，乃

---

[1] 陈鹤《明纪·世宗纪》，《四部备要》第43册，中华书局1989年版，第429页。

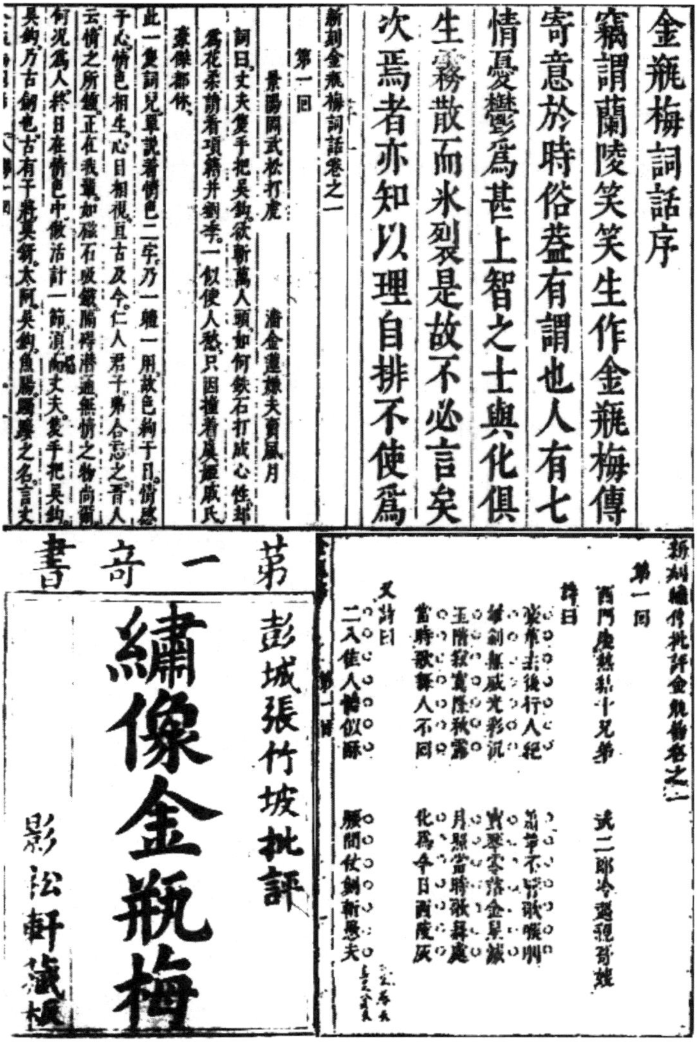

金瓶梅詞話序

竊謂蘭陵笑笑生作金瓶梅傳寄意於時俗蓋有謂也人有七情憂鬱爲甚上智之士與化俱生霧散而氷裂是故不必言矣次焉者亦知以理自排不使爲

新刻金瓶梅詞話卷之一

第一回

景陽岡武松打虎　潘金蓮嫌夫賣風月

詞曰丈夫隻手把吳鈎欲斬萬人頭如何鉄石打成心性却爲花柔請看項籍并劉季一似使人愁只因撞着虞姬戚氏豪傑都休

此一隻詞兒單說着情色二字乃一體一用故色絢于目情感于心情色相生心目相視亘古及今仁人君子弗合忘之晋人云情之所鍾正在我輩如磁石吸鉄隔碍潜通無情之物尚爾何况爲人終日在情色中做活計一節須知丈夫隻手把吳鈎吳鈎乃古劍也古有干將莫邪太阿吳鈎魚腸屬鏤之名言丈

第一奇書

彭城張竹坡批評

繡像金瓶梅

影松軒藏板

新刻繡像批評金瓶梅卷之一

第一回

西門慶熱結十兄弟　武二郎冷遇親哥嫂

詩曰

豪華去後行人絕　簫箏不響歌喉咽

雄劍無威光彩沉　寶琴零落金星滅

玉階寂寞墜秋露　月照當時歌舞處

當時歌舞人不回　化爲今日西陵灰

又詩曰

二八佳人體似酥　腰間仗劍斬愚夫

◎《金瓶梅词话》书影（明万历刻本，中国国家图书馆藏）

◎《绣像金瓶梅》书影（清初影松轩刻本）

◎《新刻绣像批评金瓶梅》书影（明崇祯刻本）

至于统治阶级除了宣布它为坏人心术的“淫书”外，又将其列为焚毁的对象。可以说，从问世的那天起，《金瓶梅》便遭到了无情的封杀。

《金瓶梅》现存最早的刻本是明万历刻本，卷首有欣欣子序，且有万历丁巳年（1617）东吴弄珠客序和廿公跋。一般认为，《金瓶梅》成书于万历年间。依据这一线索，我们有必要了解一下明代后期的社会状况和经济发展水平。

明代中叶，在这个以小农经济为主体、以耕与织为核心的自然经济体系的国度中，社会结构在经济生活领域中开始出现资本主义萌芽的因素。如在商品经济的刺激下，江南水乡盛泽镇很快发展成“市上两岸绸丝牙行，约千百余家”[1]的商品集散地。盛泽镇实际上是中国近代都市形成过程中的一个缩影，由此及彼，当大量的农业人口流入城镇从事工商活动时，商品经济的繁荣和发展势必要带来城市人口结构上的变化。在这一过程中，商人在经济领域中扮演了最积极的角色，可以说，他们的工商活动使市民阶层得到了壮大。

商品经济的发展和繁荣为壮大市民队伍提供了先决条件，市民作为阶级社会的新生力量，其活动必然会带来价值观上的变化。针对这种种变化，思想家李贽站在为工商者说话的立场上，对中国封建社会的农本思想以及统治阶级顽固地实行重农

[1] 冯梦龙编，顾学颉校注《醒世恒言》，人民文学出版社1956年版，第339页。

抑商的政策提出了非议。他指出：“商贾亦何可鄙之有？挟数万之资，经风涛之险，受辱于关吏，忍诟于市易，辛勤万状，所挟者重，所得者末。”[1]随后他又强调“好色”，提出此乃人的“自然之性”，进而提出“童心说”等重要的理论主张。几乎是与此同时，当李贽以其异端思想对封建正统思想发起冲击时，反对“心学”、伸张人性的社会思潮也再度兴起。在这一背景下，兰陵笑笑生一反创作古典小说的文化传统，公然以一个商人家庭的兴衰为叙述线索，则可谓是从文学方面回应了李贽的异端思想及伸张人性的思想。

经济领域价值观上的变化必然会在很大的程度上冲击旧有

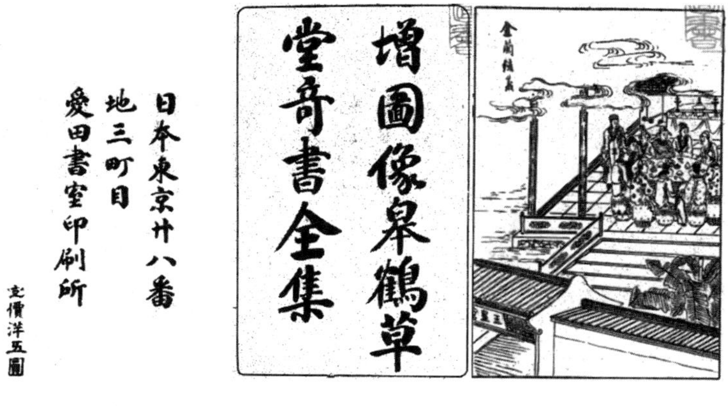


◎《增图像足本金瓶梅》书影、绣像
（双红堂刻本，日本东京爱田书室版）

[1]　李贽《焚书》，《李贽文集》第 1 卷，中国社会科学出版社 2000 年版，第 44 页。

◎《新刻绣像金瓶梅》绣像
（明崇祯刻本）

的文学观念。兰陵笑笑生直面现实和人生，将城市市民骚动不安的渴望展现出来，无疑是在顺应时代的潮流提出新的审美要求。在《金瓶梅》中，作家不愿意在一般意义上对官场的黑暗与腐败作谴责，似乎更愿意在平静、客观的语言叙述中全方位地审视专制社会后期在金钱的腐蚀下道德沦丧的全过程。

在追逐金钱的过程中，西门庆表现出少有的精明与才干，他深知商品交换的原则，懂得如何用最小的代价换取最大化的利益。河南、山东大旱，布价暴涨，西门庆不但派人四处购货，还伺机杀价，从其他商人手中攫取货物。其实，这不过是他聚敛财富的手段之一。最能体现西门庆精明的地方在于他懂得利用官场为他的商业活动服务，如他从京城获取了提前支取盐引可获取暴利的信息，经过一番深思熟虑，采取送金钱、美女等投其所好的手段，如贿赂蔡御史等贪官，获得了比其他商人提早一天支取三万盐引的好处，进而达到了牟取暴利的目的。可以说，西门庆比一般商人更懂得如何借官吏之手使其商品增殖的奥秘。

从另一个层面看，这些虽与西门庆的精明有关，但更重要的是在平实的叙述中揭示了专制社会后期商人在新形势下聚敛财富的特点。起初，西门庆只是地方一霸，虽有为谋财而交结官府的劣迹，但没有在官场上找到真正的靠山。后来，杨戬获罪，西门庆因女婿陈经济之父陈洪坐党受到牵连，为了脱尽干系，西门庆通过“打点金银宝玩”终于获得了解脱。通过这一事件，西门庆不但对官场有了新认识，而且也明白了要想得到更多的经济利益，就必须以官府为保护伞。在这一思想的支配下，西门庆从此更自觉地用金钱美女交通官府，从而为其商业的发展拓展了空间。如从地方上的夏提刑、张团练、荆千户、贺千户等，到京城皇帝的亲信太监、宠妃以及当朝的太师蔡京等都成了西门庆打点的对象。通过打点，西门庆获取了前所未有的商业利益。从这些叙述中不难发现，一方面当从专制社会母体里孕育出来，促进商品经济发展的商人在政治上还很弱小的时候，他们需要依附或勾结专制统治势力以谋求自身的发展。可以说，杨戬被参是西门庆重新认识官场的转折点。另一方面专制统治集团对财富的占有欲，使他们心甘情愿地为商人挖专制统治墙角的做法提供方便（当然，专制统治者并没有认识到这种做法的危害，因而只是在客观上帮助了商人）。这两个方面就构成了专制社会末期社会风俗画的主格调，即专制社会走向腐朽的囊肿在商品经济——资本主义萌芽因素的冲决下已日益表面化，这种表面化在一定的程度上预示着延续二千余年的中国专制社会行将解体。

经济上强大必然要产生政治上的要求。当商品流通为商人积累了大量的财富后，商人除了要追求个人的声色享受外，还要跻身于上层社会，争取与封建贵族平起平坐的政治权利。从某种意义上讲，明代统治者卖官鬻爵的流行为商人提供了这种可能。与其他人相比，西门庆走这一条路来得更为巧妙、更为自然。如他通过给蔡京当干儿子的投靠方式找到政治上的后台，又在金钱这一经济杠杆的作用下悄然而官——

> 翟谦先把寿礼揭帖呈递与太师观看，来保、吴主管各抬献礼物。但见：黄烘烘金壶玉盏，白晃晃减靸仙人。锦绣蟒衣，五彩夺目；南京纻段，金碧交辉。汤羊美酒，尽贴封皮；异果时新，高堆盘盒。如何不喜，便道："这礼物决不好受的，你还将回去。"慌得来保等在下叩头，说道："小的主人西门庆，没甚孝意，些小微物，进献老爷赏人。"太师道："既是如此，令左右收了。"傍边只应人等，把礼物尽行收下去……太师又向来保说道："累次承

你主人费心，无物可伸，如何是好？你主人身上可有甚官役？”来保道：“小的主人一介乡民，有何官役？”太师道：“既无官役，昨日朝廷钦赐了我几张空名告身札付，我安你主人在你那山东提刑所，做个理刑副千户，顶补千户贺金的员缺，好不好？”[1]

不久，西门庆又当上了理刑千户，执掌山东刑事大权，进而跻身于专制统治的行列。应该看到的是，西门庆加入专制统治的行列绝不是要像读书人那样维护专制统治，而是要利用手中的权力为聚敛更多的财富扫除障碍。因此，他并不屑于贪官中饱私囊的一般勒索方法，其聚敛财富的方法主要是借用手中的权力来加强商品在经济领域中的流通，以实现货币的增殖。如西门庆从杭州置的一万银子缎绢抵税关以后，专门“令书童写了一封书，使了印色，差一名节级……与钞关上钱老爹，叫他过税之时，青目一二”。一个由市民阶层爬到专制统治集团内部的商人，在用权方面与其他专制制度下的官吏有着明显的不同。很显然，在西门庆身上已经打上了资本主义发展初期时的印记，一方面他需要通过聚敛财富等手段来壮大自己的经济实力，另一方面经济实力的壮大又为其分享政治权利提供了便利。

[1] 兰陵笑笑生《金瓶梅词话》第三十回，齐烟、汝梅校点《新刻绣像批评金瓶梅》，齐鲁书社 1989 年版，第 386 页。

◎《金瓶梅》绣像
（明崇祯刻本《新刻绣像批评金瓶梅》）

兰陵笑笑生生动地描绘了明中叶的社会风俗，多方位描摹西门庆因商而官、借用权利牟取商业暴利的过程。从某种意义上讲，兰陵笑笑生比同时代的作家看得更远，对世情的批判更为严厉。如作者在描绘商人对专制社会日甚一日的冲击时，也无情地批判了追逐声色享受的西门庆。在批判现实方面，《金瓶梅》甚至有些像巴尔扎克的《人间喜剧》。在《人间喜剧》中，巴尔扎克除了描绘上升时期资产阶级的恢宏气魄外，还有意识地描绘了金钱对人的腐蚀作用及资产阶级的荒淫无度。同样，《金瓶梅》在进行社会批判时，除了描述西门庆作为商人的精明强干外，还描述了西门庆追求声色享受的过程。如西门庆在拥有一妻五妾的同时，还把手伸向奴婢、伸向林太太之流的贵族妇女。诚然，这种淫滥的描写冲淡了作品的严肃内容，超出正常人性的要求，但是，它对暴露西门庆这样的巨商私生活的糜烂和变态的性心理还是有一定的作用的。

《金瓶梅》的书名是从书中三个女性潘金莲、李瓶儿、庞春梅的名字中，各截取一字拼凑而成的，就是说，除西门庆之外，这三个女性也是书中最主要的人物。

潘金莲是作者精心塑造的人物。纵观整个作品，潘金莲这一形象是作品中最富有艺术张力的形象。作者首先从她的不幸遭遇落笔，她是裁缝的女儿，卖给张大户后被“收用”，因此，遭到张大户妻子的嫉恨，又被转送给丑陋不堪的武大郎。就是说，潘金莲的身世遭遇是十分令人同情的。在未来的生活道路上，潘金莲可能有几种选择，一条是屈从于命运的安排，

◎《增图像足本金瓶梅》书影、绣像
（双红堂刻本，日本东京爱田书室版）

老老实实地当武大郎的妻子。然而，对一个饱尝青春压抑，在市井中长大，会写小词会唱小曲的美丽女人来说，这未免太不公平，因为她是人，并不是任人摆布的玩物。因此，当武松出现在这个家庭的时候，她会情不自禁地认为“不想这段姻缘在这里”。第二条路是勇敢地同命运抗争，以自己的聪明和才情为幸福争得一席之地。然而，这毕竟是理想主义的，在现实中是行不通的。所以，兰陵笑笑生别具一格地为潘金莲安排了第三条道路，让她由一个美丽的女性在专制势力的摧残下变形变态，以心狠手辣的面目出现，通过描绘其狠毒的行为来控诉专制社会的罪恶。换言之，写潘金莲的变态是为了将批判的矛头指向专制社会罪恶的渊薮。从这一意义上讲，在人物塑造方面《金瓶梅》比《三国演义》《水浒传》《西游记》等小说大大地前进了一步。即作者笔下的人物，在性格描写方面已突破了性格类型化的框架，开始将人物放在特定的文化环境上，按照生活本来的面目、生活发展的逻辑来塑造人物的性格。从表面上看，潘金莲的堕落及其畸形心理的形成应该由西门庆、王婆等负责，但从深层看，主要应该由那个时代和社会负责，因为，那个时代和社会本身就是畸形的。

在书写的过程中，作者有意识地把潘金莲安排在一个拥有一妻五妾的商人家庭的环境中，写潘金莲在情场中连连得手。我们之所以用“情场”这个词汇而不用争风吃醋，是因为，生活在这个环境中的潘金莲发现，西门庆并不像当初勾引她时所说的那样，“招得一个好的在家里”，忠实于她。自潘金莲入西门庆家门后，等待她的首先是冷遇，继而是西门庆继续勾引其他的女人，不但在占有她的过程中娶了孟玉梅，还在娶她后不久，又勾搭上并娶回李瓶儿。与此同时，西门庆还不时地嫖妓宿娼，诱奸手下和奴仆的妻室。这一切不能不引起潘金莲心灵的颤抖，使她看到生存上的危机。如正妻吴月娘是家中主母，李瓶儿、孟玉梅有一大笔陪嫁钱财，出手阔绰，能够笼络下人。孙雪娥总管厨房事务，李娇儿管财物。唯独她钱财物皆无，因此，要争得一席之地，就必须击败这些对手。对于一个弱女子潘金莲来说，她所能运用的唯一手段就是肉体。如针对西门庆好色的特点，潘金莲不惜做出各种丑态来迎合西门庆，甚至不惜将使女春梅也送给西门庆，以便从各个方面来满足西门庆的淫欲，让西门庆在别处得不到的，在她这里都能得到。通过这些行为来巩固她在西门庆妻妾中的地位，进而以各个击破的手段凌驾于西门庆众妻妾之上。正当她要取得全部胜利时，西门庆暴死，她被吴月娘卖出了家门，并闹得个身首分离的下场。

很显然，作者这样写潘金莲的目的并不是要津津乐道于写妻妾争宠，而是通过描写她们互相倾轧来控诉专制社会多妻制的罪恶，揭露人性的压抑给中国女子造成的不幸灾难。从这一角度讲，潘金莲训练雪狮子吓死官哥一事就特别好理解了。因为在妻妾成群的专制社会家庭里，母随子贵，潘金莲是绝不愿落到受别的妻妾摆布的地步，她要用最狠毒的手段来实现她称霸于西门庆众妻妾的野心。

如果说潘金莲是一个性压抑、性变态的形象，李瓶儿则是一个在朦胧中追求性爱的形象。从性格上来说，李瓶儿的温顺同潘金莲的狠毒正好形成鲜明的对比。伴随明代新思想的出现，妇女贞节观发生了明显的动摇，对爱情和婚姻自由的追求似乎已成为一种潮流，乃至于在冲破男女之大防的堤坝时首先是以性爱的形式出现的。如在冯梦龙编撰的“三言”中，我们可以明显地看到这一新的内容。在这一文化背景下，李瓶儿也不例外，她有着追求性爱的勇气。最初嫁给花子虚，花子虚并不关心她，而是整日在外寻花问柳；再嫁蒋竹山，蒋竹山并不知体贴李瓶儿，只知一味地向李瓶儿要钱，进而认为只要买些淫具淫药便可满足妻子。李瓶儿对花子虚、蒋竹山的失望，促使她投入西门庆的怀抱。但事实上，西门庆并不是她理想中的男人，对生活的失望使她失去大胆追求性爱的泼辣性格，从此变得万分的温顺。从这一角度看，其性格与其说是软弱——不敢为保卫自己做出应有反抗或还击，还不如说她对生活已彻底绝望。因为这样，她十分信命，甚至认为这是自己的罪孽造成的，她病卧床头，西门庆还要强行在她的身上泄欲，她依从了。她明知她周围的人都在算计她，但她也认了。弥留之际，她更是表现出宽容大度，把衣物、首饰等分给下人，不但留给了负已的吴银儿一份，甚至还不忘给潘金莲及潘金莲的母亲一份。李瓶儿之死给这个处于上升时期的商人家庭笼上一层阴影，可以说，她的死是对礼教扼杀人性的强烈控诉，其阴冷的结局启发人深思那个社会罪恶的渊薮。

庞春梅这一形象明显不同于潘金莲和李瓶儿。如果说潘金莲、李瓶儿跻入半主子的行列实属不易的话，庞春梅由奴婢爬到主子的地位更是充满了艰辛，饱含着辛酸和血泪。庞春梅原是吴月娘的丫头，潘金莲过门后成了服侍潘金莲的丫头。这样一个身份低贱的奴婢在商人家庭里耳濡目染的都是些淫秽丑恶的东西，自然会把她卷入污浊的漩涡，乃至于不能自拔。

庞春梅处世的态度比西门庆家中任何的奴婢都更为现实。尽管潘金莲的作为不得人心，然而，由于对她有“知遇之恩”，故她对潘金莲始终感恩戴德。庞春梅一到潘金莲处，潘金莲便“一力抬举她起来，不令她上锅就灶，只叫她在房中铺床叠被，递茶水，衣服首饰，拣心爱的与她，缠的两只脚小小的”。这样一来，为知己者尽力的心理支配着庞春梅与潘金莲联手，大闹西门庆的后院，进而充当潘金莲打击异己的帮凶。如为配合潘金莲，她唆使西门庆痛打孙雪娥，她既为潘金莲出了气，也为自己在西门庆家中赢得了一席之地。她同潘金莲一样，为改变自己的命运而挣扎，她们互相依存，同时也狼狈为奸。在家庭黑幕的斗争中，庞春梅学会了残忍，丧失了同情心。如对秋菊——这个和她一样派在潘金莲屋里的丫头，因潘金莲常拿秋菊出气，庞春梅也就经常欺侮这个可怜的丫头。但庞春梅毕竟是个不愿屈从于命运安排、不安心于“为人作奴”的人。当道士吴神仙来西门庆家为众女眷看相，顺便给庞春梅看相时，吴神仙称赞她：“五官清正，骨格清奇，发细眉浓，禀性要强；神急眼圆，为人急躁，山根不断，必得贵夫而生子；两额朝拱，主早年必戴珠冠。行步若飞仙，声响神清，必益夫而得禄，三九定然封赠。”此语一出，吴月娘、西门庆等都认为道士在胡说八道。对此，庞春梅反击道：“常言道凡人不可貌相，海水不可斗量，从来旋的不圆，砍的圆，各人裙带上衣食，怎么料得定？莫不长远只在你家做奴才罢！”所以，西门庆死后，当了家主的吴月娘决定先剪除潘金莲羽翼，让薛嫂把她卖掉，当不准她带走一件衣物时，连心狠手辣的潘金莲都忍不住大哭了一场，然而，面对此打击，庞春梅竟“跟定薛嫂，头也不回，扬长决裂”而去。

很显然，庞春梅绝不是一个有亮色或有正气的人物，如她不甘寂寞地纵欲，这固然是作品的缺陷，但如果我们将其行为与明代市民阶层的纵欲主义联系在一起，似乎就不便过分责难了，因为在作者创作的意图中有如实记录世风的意图。

潘金莲、李瓶儿、庞春梅是被戕害的女性。爱情是人皆有之的美好感情，但如果丧失了人性，就会将人等同于动物的兽性。诚然，作者对两性间的描绘有些过分，甚至是津津乐道，但这种描述只是《金瓶梅》的表层语义，透过这一表层，我们便会发现作者表达了明中叶以后城市商人和市民阶层与传统迥异的伦理观念和价值观念。作者以“淫荡”反对贞操虽有些矫枉过正，但他毕竟对现存的伦理道德观发起了冲击。恩格斯在《家庭、私有制和国家的起源》一书中指出：“如果说在我们所知道的一切家庭形式中，一夫一妻制是现代性爱能在其中发展起来的唯一形式，那末这并不是说，现代的性爱完全或主要是作为夫妇相互的爱而在这一形式中发展起来的。在丈夫统治下的牢固的个体婚制的本质，是排斥这一点的……所以，第一个出现在历史上的性爱形式……就根本不是夫妇之爱。恰好相反，古典方式的、普罗凡斯人的骑士之爱，正是极力要破坏夫妻的忠实，而他们的诗人们又加以歌颂的。”[1]《金瓶梅》对男女间性欲的描写固然有着不健康的一面，但从其女性走向毁灭的过程来看，无疑是在动摇着专制社会伦理道德的基石。

与元末明初的长篇小说相比，《金瓶梅》不但改变了题材选择的方向，而且还改变了小说家以正统思想关怀艺术形象的思维方式。夏志清先生指出：“就题材而言，《金瓶梅》无疑是中国小说发展史上的一个里程碑：它开始摆脱历史和传奇的影响，去独立处理一个属于自己的创造世界，里边的人物都是世俗男女，生活在一个真正的、毫无英雄主义和崇高气息的中产阶级的环境里。虽然色情小说早已有人写过，但它那种耐心地描写一个中国家庭卑俗而肮脏的日常琐事，实在是一种革命性

---

[1]　恩格斯《家庭、私有制和国家的起源》，《马克思恩格斯选集》第4卷，人民出版社1972年版，第65—66页。

的改进，而在以后中国小说的发展中也无来者。”[1]在兰陵笑笑生的精心安排下，《金瓶梅》通过叙述一个商人从发迹到死亡的故事，借助于市井人物的言行揭露了封建社会后期金钱腐蚀下的罪恶。这里提出的问题是，明代后期出现的《金瓶梅》为什么会颠覆原有的小说传统，表现出与封建正统思想彻底决裂的价值取向呢？客观地讲，这种文化现象的出现一是与市民阶层的空前壮大相关，二是与新出现的“异端”思想相关。

明代中叶，资本主义生产关系在商品经济发达的运河城市中初露端倪。在否定专制社会正统思想的过程中，李贽大声疾呼道：“市井小夫，身履是事，口便说是事。作生意者，但说生意；力田作者，但说力田，凿凿有味，真有德之言，令人听之忘厌倦矣。”[2]李贽把市民谈论生意、农夫谈论耕耘统统视为“有德之言”，极大地冲击了统治者设置的思想防线。为了全面地揭露专制社会文化秩序及儒家思想的伪善性，李贽还专门从《论语》中择出孔子自相矛盾的言论，把矛头指向了孔子。“圣人虽曰‘视富贵如浮云’，然得之亦若固有；虽曰‘不以其道得之，则不处’，然亦曰‘富与贵是人之所欲’。今观其相鲁也，仅仅三月，能几何时，而素衣麑裘、黄衣狐裘、缁衣羔裘等，至富贵享也。御寒之裘，不一而足；裼裘之饰，不一

---

[1] 夏志清《中国古典小说》，江苏文艺出版社 2008 年版，第 158 页。
[2] 李贽《焚书》卷一《答耿司寇》，《李贽文集》第 3 卷，社会科学文献出版社 2000 年版，第 28 页。

而袭。凡载在《乡党》者，此类多矣。谓圣人不欲富贵，未之有也。”[1]通过批判孔子的儒学，李贽积极地肯定了人性与人欲的正当性。“夫私者，人之心也，人必有私，而后其心乃见；若无私，则无心矣。”[2]“吾故曰‘虽大圣人不能无势利之心’，则知势利之心，亦吾人秉赋之自然矣。”[3]在李贽看来，“如好货，如好色，如勤学，如进取，如多积金宝，如多买田宅为子孙谋，博求风水为儿孙福荫，凡世间一切治生，产业等事”[4]，乃是人的正常欲望。面对急剧变化的社会形势，李贽对封建文化秩序的批判从一个侧面表达了市民的愿望和要求。在这里，我们虽然无法理清兰陵笑笑生与专制社会“异端”思想的关系，但是他把写作的对象转移到与专制社会正统思想对立的市井人物身上时，事情的本身就是在挑战专制统治的权威性，就是在试图颠覆封建社会的文化秩序。从这一意义上讲，明中叶以后出现的“异端”思想应该是《金瓶梅》诞生的思想基础。

[1]　李贽《道古录》卷上，《李贽文集》第7卷，社会科学文献出版社2000年版，第356—357页。

[2]　李贽《藏书》卷三二《德业儒臣后论》，《李贽文集》第3卷，社会科学文献出版社2000年版，第626页。

[3]　李贽《道古录》卷上，《李贽文集》第7卷，社会科学文献出版社2000年版，第358页。

[4]　李贽《焚书》卷一《答邓明府》，《李贽文集》第3卷，社会科学文献出版社2000年版，第36页。

### （五）“四大奇书”的运动轨迹

兰陵笑笑生的《金瓶梅》是一部划时代的小说。它的出现不但改变了历史演义、英雄传奇、神魔故事的叙述方式，而且还从新题材的角度对现存的长篇小说秩序进行了修正。具体地讲，当《三国演义》《水浒传》《西游记》给小说创作打开新的天地时，这些小说在艺术上的成功与否也给《金瓶梅》进行新的探索奠定了基础。

从小说史的角度看，元末明初出现的古典长篇小说具有历史叙述的品质。在通俗文学出现之前，事件和人物故事叙述主要是由史官来承担的。在记录历史时，史家为了提高叙述质量，往往通过剪裁来突出某些事件，并借助于这些事件来渲染历史人物的生动形象。这些艺术上的成功对小说叙述产生了直接的影响。从另一个层面看，历史叙述既是中国最古老的叙述方式，同时也是率先走向成熟的叙述，因此，当它为小说叙述提供范本时，并为率先出现的笔记小说（或称之为“野史”）的兴起提供依据时，受思维定式的支配，小说叙述遂具有了忠实历史、以历史为诉求对象的品质。进而言之，由于古典长篇小说诞生于历史叙述的母体之中，当《三国演义》《水浒传》《西游记》以历史叙述为深层结构时，遂使它们具有了历史叙述的品质。

追溯历史叙述的源头可以上溯到神话。中国最早的史学著作是《尚书》,《尚书》是一部历史文献汇编，其中一些篇目的序言都有神话的面影。这一叙述方式直接影响了中国的第一部通史《史记》。如《史记》叙述先秦部族的历史时，都是从叙述祖先神话开始的。在文化活动中，人类先后经历了从神灵崇拜到上帝崇拜，再到祖先崇拜及英雄崇拜的历程。由于神话反映了历史，又由于人们习惯于在祖先崇拜与英雄崇拜之间画等号，因此，部族的始祖大都充满了英雄传奇色彩。当这一叙述成为历史叙述的元素时，当历史演义以史学为本，热衷于英雄形象的塑造时，长篇小说将英雄传奇视为叙述元素则是必然的。也就是说，中国古典长篇小说关心人的英雄本色和传奇故事，制造扑朔迷离的情节和悬念是受神话传统和史学传统支配的。

在古典长篇小说诞生的初期,《三国演义》《水浒传》《西游记》等塑造人物时明显地带有脸谱化即类型化的特点。追溯这一塑造方法的来源，与戏剧人物塑造有直接关系。元杂剧兴起以后，戏剧在市民阶层中产生了深远的影响。元杂剧及明传奇有大量的三国故事、水浒故事和唐僧西行取经的故事，当这些戏剧故事成为《三国演义》《水浒传》《西游记》的创作元素时，当戏剧塑造形象的方法得到小说家的认同时，小说形象的塑造带有脸谱化的痕迹则是必然的。如《三国演义》《水浒传》《西游记》在塑造人物时，小说家或给他们披上英雄的外衣，或叙述其传奇故事，或将理想主义的光圈套到他们的头上，但万变不离其宗，艺术形象均在不同的程度上带有戏剧脸谱化的特点。如从关羽的“义”，孔明的“智”、曹操的“奸诈”、宋江的“忠义”、唐僧的不辨是非等形象中似乎都可以看到戏剧人物脸谱化的特点。鲁迅先生指出：“（《三国》）写好的人，简直一点坏处都没有；而写不好的人，又是一点好处都没有。其实这在事实上是不对的，因为一个人不能事事全好，也不能事事全坏。譬如曹操他在政治上也有他的好处；而刘备、关羽等，也不能说毫无可议，但作者并不管它，只是任主观方面写去，往往成为出乎情理之外的人。”[1]这种脸谱化的分类方法在艺术实践中得到了历史演义、英雄传奇和神魔小说的维护和支持。如继《三国演义》《水浒传》《西游记》之后，《春秋列国志传》《西汉通俗演义》《新刊大宋中兴通俗演义》《杨家府演义》《隋史遗文》《孙庞斗智演义》《封神演义》《开辟演义》等小说都采取了这样的方法。

史学与戏剧确立的叙述原则，既提高了小说叙述的质量，同时也给小说叙述带来程式化的缺陷。如何打破樊篱进行新的艺术探索，遂成为兰陵笑笑生急需解决的大问题。为了突破历史演义、英雄传奇、神魔小说的叙述格局，兰陵笑笑生通过吸收前人的成果，把小说的关注点从描绘金戈铁马式的英雄，转

[1] 鲁迅《中国小说的历史的变迁》，《鲁迅全集》第9卷，人民文学出版社1987年，第323页。

◎《新刊大宋中兴通俗演义》绣像（嘉靖三十一年杨氏清江堂刻本）
◎《孙庞斗智演义》绣像（明崇祯年间刻本）
◎《封神演义》绣像（明末刻本，日本内阁文库藏）
◎《杨家府演义》绣像（明万历三十四年卧松阁刻本）

移到描绘普通人的普通生活方面，透过一个家庭内部的活动以小见大地描绘了社会风尚和风土人情，通过描绘市井人物的言行提出新的审美思想。在这中间，兰陵笑笑生通过有选择地吸收历史叙述、英雄传奇叙述、戏剧叙述的优秀成果，通过剔除脸谱化的塑造方法，注意典型环境与人物的关系，注意细节在揭示人物性格、反映社会生活方面的意义，成功地把书写外部矛盾转入对人物内心的探索，从而使《金瓶梅》突破了前人取得的艺术成就，并在古典长篇小说的叙述中别具一格。

鲁迅先生在论述历史演义、英雄传奇、神魔小说与《金瓶梅》的区别时指出："故就文辞与意象以观《金瓶梅》，则不外描写世情"[1]。又指出："作者之于世情，盖诚极洞达，凡所形容，或条畅，或曲折，或刻露而尽相，或幽伏而含讥，或一时并写两面，使之相形，变幻之情，随在显见，同时说部，无以上之"[2]。描写世情、关注风土人情在《金瓶梅》里占有突出的地位，这部小说对那个时代的社会风俗画的勾勒，对世态的洞察，对人灵魂的描摹远远在历史演义、英雄传奇、神魔小说等作品之上。尽管《金瓶梅》中的人物形象塑造缺少人生理想主义的光辉，甚至只关心市井人物的日常生活，然而，正是

[1] 鲁迅《中国小说史略》，《鲁迅全集》第9卷，人民文学出版社1981年版，第182页。
[2] 鲁迅《中国小说史略》，《鲁迅全集》第9卷，人民文学出版社1981年版，第180页。

通过这些市井人物的活动，在尔虞我诈的情节中揭开了专制社会裹着的温情脉脉的面纱，在暴露人性丑恶的过程中展现出巨大的批判力量。在金钱的腐蚀下，当人性泯灭的西门庆不断地高升时，另一些被污辱、被损害的人则沉沦了。这种写实的手法充分展示了人物性格的多面性和社会生活的丰富性，从而消解了历史演义、英雄传奇、神魔小说塑造人物时出现的概念化和类型化的弊病。

# 肆

# 从才子佳人到《红楼梦》：小说流变略论

明末清初，才子佳人小说成为通俗小说创作的重镇，这一题材的小说大量问世后，不但打乱了历史演义、英雄传奇、神魔小说、世情小说一统天下的格局，而且为《红楼梦》实现思想上和艺术上的大突破积蓄了力量。才子佳人小说兴起的原因：一是注重娱乐性的通俗文学及艺术成为燎原之势后，改变了人们轻视小说的观念；二是刻书业兴起后，书坊主人大量地刻印通俗小说，推动了才子佳人小说的迅速传播；三是因不满足于现存的通俗小说秩序，文人理直气壮地投身于小说创作与新的表达拧结在一起，为才子佳人小说走上历史的舞台提供了先决条件。然而，当才子佳人小说成为文人创作的载体形式时，由于文人的生活面较为狭窄，在一定的程度上给才子佳人小说带来了“千部一腔，千人一面”的缺陷。从历史的角度看，才子佳人小说虽然拓展了通俗小说的题材、增加了小说创作的数量，但由于思想单薄、因袭痕迹太重，乃至于没能产生震撼人心的力作。诚如曹雪芹所说：“至若才子佳人等书，则又千部共出一套，且其中终不能不涉于淫滥，以致满纸潘安、子建、西子、文君，不过作者要写出自己的那两首情诗艳赋来，故假拟出男女二人名姓，又必旁出一小人期间拨乱，亦如剧中之小丑然。”[1]这种情况直到《红楼梦》问世后才得到根本性的改变。从曹雪芹熟读才子佳人小说的情况看，《红楼

[1] 曹雪芹，高鹗著《红楼梦》，人民文学出版社 1996 年版，第 5 页。

梦》以宝黛爱情为主线的叙述结构实际上是在反对才子佳人小说的过程中完成的。从这一意义上讲，《红楼梦》将通俗小说提高到一个崭新的水平，与才子佳人小说有着天然的联系。

## （一）才子佳人小说兴盛的内在机制

明崇祯四年（1631），《鼓掌绝尘》刊印了。这部由风、花、雪、月四集构成的通俗小说，每集十回，每集叙述一个故事。从内容上看，《鼓掌绝尘》重点讲述了才子佳人的一见钟情的故事。如风集讲述梅萼与韩玉姿遇合的故事，雪集讲述文荆卿与李若兰遇合的故事。从刊印时间上看，《鼓掌绝尘》明显地早于才子佳人的典范之作《玉娇梨》《平山冷燕》《好逑

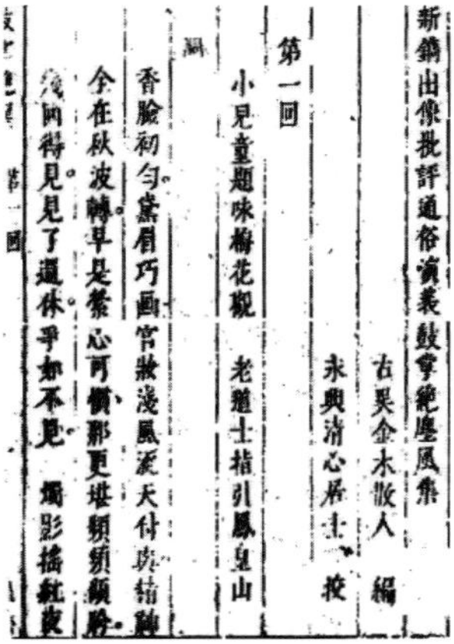

新鐫出像批評通俗演義鼓掌絕塵風集
古吳金木散人 編
永興清心居士 校
第一回
小兒童題咏梅花觀 老道士指引鳳皇山
詞
香臉初勻黛眉巧畫宮妝淺風流天付與精神
全在秋波轉早是縈心可慣那更堪頻頻顧盼
幾回得見見了還休爭如不見 燭影搖紅夜

◎《鼓掌绝尘》书影、绣像
（明崇祯刊本，日本内阁文库藏）

传》《铁花仙史》等[1]。可以说，刊印《鼓掌绝尘》是通俗小说史上的一件大事，深入研究这部小说对于解构才子佳人小说，透视其审美文化心理机制具有特殊的意义。

一般来说，才子佳人小说的篇幅大都在二十至四十回左右，远远地低于明“四大奇书”的篇幅。出现这种情况并不奇怪。明末清初，江南城市的工商业十分发达。在商品经济的刺激下，异军突起的刻书业将通俗小说推向了文化市场。这一时期，城市人口激增促成了巨大的图书发行市场。刻书业的迅速崛起，使书坊主人把眼光投向一切可以获取利益的读物。在这一过程中，因通俗小说有广大的受众群体，必然要成为书坊主人重点关注的对象。那么，如何才能将小说尽快地投入市场呢？书坊主人注意到只有提高刊刻速度，才有可能谋取更大的商业利益。很显然，刻印篇幅较小的读物要比刻印鸿篇巨制更为快捷，即充分地控制小说的篇幅既可以降低写作的单位时间，同时也可以提高刊印的速度。在利益的驱动下，文人与书坊主人默契地配合，遂控制了才子佳人小说的叙述规模。

才子佳人小说迅速地成为通俗小说创作中的潮流，主要是由市场需求决定的。为了应对瞬息万变的市场，书坊主人在与文人结成利益同盟时，往往需要抢时间争速度，即通过加快

[1] 按，鲁迅将《玉娇梨》《平山冷燕》《好逑传》《铁花仙史》等才子佳人小说归入“明之人情小说”（《鲁迅全集》第9卷，人民文学出版社1981年版，第189页）与史实不符，这几部作品的写定年代实际上是在清代初年。

写作速度、加快刻印速度来占领市场。市场利益的最大化是与社会群体的接受度联系在一起的。在儒家思想占据统治地位的年代，追求建功立业与追求婚姻美满始终是每一个社会成员难以消解的情结。针对这一情况，书坊主人瞄准社会构成中普遍存在的文化心理，与混迹于下层的文人结合在一起，将才子佳人小说推向了文化市场，以获取最大的商业利益。在这一过程中，一方面书坊主人向文人提出加快写作速度的要求；另一方面，文人受生活视野的限制，在书坊主人的要求下将笔墨集中到写作才子佳人故事的身上。与明“四大奇书”相比，才子佳人小说的创作大都具有“短平快”的特点。这样一来，遂决定了才子佳人小说不可能是精心之作，故只能承担起迎合社会群体“善有善报，恶有恶报”的文化责任。这种现象遂决定了在叙述才子佳人小说时往往会形成千篇一律的程式。具体地讲，才子佳人小说起笔先交代才子佳人的各自情况，然后用一见钟情将其聚合；次写赴京赶考或被迫分离后的种种磨难（包括人为的、自然的）；再写落难公子中状元、建功立业、飞黄腾达的过程；最后写有情人终成眷属，奉旨完婚的大团圆结局。如《好逑传》就是这一叙述模式的生动体现。胡适先生认为，明清小说的创作队伍存在着由北向南转移的势态。他指出：“小说风行以后，南方文人也跟着做小说了；起初还是南方人做北方的小说，历史演义居多——后来竟是南方人做南方的小说了，英雄的小说变成为才子佳人的小说。”[1]胡适先生试图从作家生存环境与创作特征、地域与题材嬗变的角度揭示通俗小说题材的变迁，这一认识是否稳妥先且不论，但他注意到才子佳人小说的创作主体是江南人氏，却是不争的事实。如果要进一步深究的话，才子佳人小说兴起于江南，主要与江南城市走到商品经济的前列，伴随着刻书业的兴起，文人参与通俗小说创作有密切的关系。

从创作主体看，才子佳人小说的创作主体大都是长期混迹于市井的失意文人。在儒家思想占据主导地位的年代，入世进取与“修身、齐家、治国、平天下”拧结在一起，成为每一个士人梦寐以求的人生目标。然而，当科场失利，走上仕途只能成为人生梦想时，志向高远却又屡屡失意的读书人只能把这一雄心壮志埋藏在心底，即在他们的心灵的深处始终潜存着入世进取的情结。一般来说，现实中得不到的，人们常常希望在另一个世界中得到补偿或实现。在这一文化背景下，失意文人投身于通俗小说写作，津津乐道地描绘落难公子中状元的情节实际上是在倾诉他们科举失意、壮志难酬的情怀。如叙述才子佳人小说的创作动机时，天花藏主人写道：“顾时命不伦，即间掷金声，时裁五色，而过者若罔闻罔见，淹忽老矣。欲人致其身而既不能，欲自短其气而又不忍，计无所之，不得已而借

[1] 胡适《白话文学史·引子》，百花洲文艺出版社2002年版，第362页。

乌有先生以发泄其黄粱事业。有时色香援引，儿女相怜；有时针芥关投，友朋爱敬；有时影动龙蛇，而大臣变色；有时气冲斗牛，而天子改容。凡纸上之可喜可惊，皆胸中之欲歌欲哭。”[1]当文人失意于科场而又不甘心的情怀与追求建功立业的理想拧结在一起时，才子佳人小说遂在一定的程度上宣泄了他们的积怨或欲罢不能的感叹，遂成为承担其理想诉求的载体。才子佳人小说的作者大都是功名心极强的失意文人，因为这样的缘故，科场失利与现实补偿拧结在一起，才子佳人的故事遂成为承担抒写内心郁闷的载体，在这一过程中，失意文人希望借助于建功立业的故事、奉旨完婚的大团圆来化解心中的死结。从历时的角度看，以心理补偿为创作原动力，才子佳人小说主要承担了文人失意而又不愿放弃追求的情感。

从题材上看，才子佳人小说与唐传奇、元明戏曲、以《金瓶梅》为代表的世情小说、明传奇小说等有着血缘关系。唐传奇与才子佳人小说的关系有两点需要重点提出：其一，无论是才子佳人小说还是唐传奇，两者均出自文人之手；其二，才子佳人小说继承了唐传奇的爱情题材，在才子佳人小说的叙述元素中，可以看到唐传奇的影子。唐传奇书写爱情的经典之作有《霍小玉传》《李娃传》《莺莺传》等，其中，以“郎才女貌”为标准、反对“门当户对”的观念、有情人终成眷属等

[1]　佚名著，冯伟民校点《平山冷燕·四才子书序》，人民文学出版社1983年版，第2页。

◎《西厢记》绣像
（明万历金陵乔山堂刻本）

◎《北西厢记》绣像
（明万历武林起凤馆刻本）

叙述元素都在一定的程度上成为才子佳人小说叙述的必然情节。如元稹的《莺莺传》，写饱读诗书的张生与容姿超群的崔莺莺之间的爱情故事，其间有丫鬟红娘的传书递简，有张生与崔莺莺的诗文唱和、崔莺莺以身相许、张生赴京赶考等后世才子佳人小说的固定套路。不同的是，赴京赶考后，“崔已委身于人，张亦有所娶”。又如白行简的《李娃传》，讲的也是色艺双绝的名娼李娃与荥阳公子郑生历经种种磨难，冲破门第观念，有情人终成眷属的爱情故事。

才子佳人小说与《金瓶梅》有密切的关系。具体地讲，《金瓶梅》的书名是从小说人物潘金莲、李瓶儿、庞春梅三人名字中各摘取一字而成，这一现象直接影响到才子佳人小

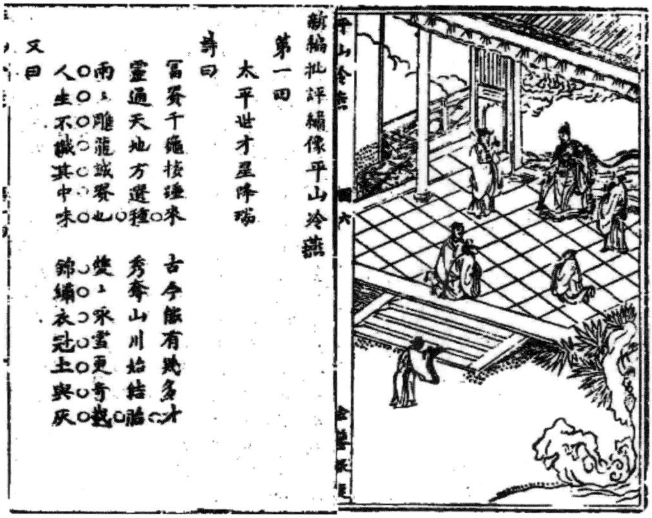


◎《平山冷燕》书影、绣像
（顺治刻本，大连图书馆藏）

说的书名，如《平山冷燕》由小说人物平如衡、山黛、冷绛雪、燕白颔的姓组成。故鲁迅先生指出：“《金瓶梅》《玉娇李》等既为世所艳称，学步者纷起，而一面又生异流，人物事状皆不同，惟书目尚所蹈袭，如《玉娇梨》《平山冷燕》等皆是也。”[1]其实，《金瓶梅》对才子佳人小说的影响不仅仅是书名，在批判现实方面也是有渗透力的。与明“四大奇书”相比，才子佳人小说大都表现出关心现实的内容。尽管才子佳人批判现实的力量十分微弱，但依旧有认识作用。具体地讲，

[1] 鲁迅《中国小说史略》，《鲁迅全集》第9卷，人民文学出版社1981年版，第189页。

《平山冷燕》在叙述平如衡、山黛、冷绛雪、燕白颔等人靠真才实学走上仕途、飞黄腾达的同时，又对依仗父祖之力、不学无术的张寅、晏知府等人进行了鞭笞与嘲讽。如晏知府不通文墨，竟然将讽刺诗当作表扬自己的诗拿出来四处炫耀。又如张寅于诗文一窍不通，乡试却考了个第二。

元明戏曲有专写爱情故事的题材，在这类题材中，为满足受众的文化心理，剧作家特意在叙述人生艰难时用悲欢离合的结局来表达理想的希冀。在长期的演出中，这一结局受到观众的普遍欢迎，进而给才子佳人小说大团圆的结局以深刻的影响。如元杂剧、明传奇叙述才子佳人故事时大都喜欢以大团圆为结局，比较两者在叙述上及情节上的一致性，从中不难发现戏曲对才子佳人小说的影响。

从继承的角度看，才子佳人小说与明代传奇（文言小说）也有着血缘关系。如陈大康先生通过分析包括《贾云华还魂记》《钟情丽集》《刘生觅莲记》等在内的十多部明代传奇小说，得出“唐传奇中悲剧到清初才子佳人小说中千篇一律的喜剧，在其间承担转折任务的正是明代的中篇传奇小说”[1]的结论。从小说的叙述模式来看，上述明代传奇与清初才子佳人小说一脉相承。从《钟情丽集》对婚前私合的同情，到《刘生觅莲记》以理节情的刻板，从《钟情丽集》赞美一男一女的忠贞

[1] 陈大康《明代小说史》，人民文学出版社 2007 年版，第 322 页。

不渝，到《刘生觅莲记》以一夫多妻为荣，明代才子佳人类传奇向清初才子佳人小说演进的过程可谓一清二楚。总而言之，不外乎生旦唱和、生旦别离、私订终身、小人挑拨、进士及第、终成眷属的过程与结局。正如石昌渝所说："我们也可以把清初的才子佳人小说看做是白话的传奇小说。"[1]

从历史的角度看，天花藏主人参与到通俗小说创作或编次、评点之中是才子佳人小说走向繁荣的重要标志[2]。据孙楷第《中国通俗小说书目》[3]，署名天花藏主人、天花主人、天花才子编次（编订）、著述的才子佳人小说有《云仙笑》《惊梦啼》《玉支玑》《锦疑团》《鸳鸯配》《快心编》等，天花藏主人作序的才子佳人小说有《玉娇梨》《平山冷燕》《定情人》《两交婚》《飞花咏》《画图缘》《赛红丝》《麟儿报》《人间乐》《金云翘传》《幻中真》等二十多种。天花藏主人究竟是何许人？学界有不同看法，从这些小说刊刻的时间看，可以肯定天花藏主人是清初人。如果沿着这一轨迹追寻下去，可知才子佳人小说在清初出现了一个创作高潮。

兴盛于明末清初的才子佳人小说是中国通俗小说史上值得研究的一种现象。从历史的角度看，当这一叙述模式刚刚出炉

---

[1] 石昌渝《中国小说源流论》，三联书店 1994 年版，第 372 页。

[2] 据研究，天花藏主人又称天花主人、天花才子。详见苏兴《天花藏主人及其才子佳人小说》，春风文艺出版社编辑《才子佳人小说述林》，春风文艺出版社 1985 年版。

[3] 孙楷第《中国通俗小说书目》，人民文学出版社 1982 年版。

时，自然会赢得喝彩，但是当这种创作开始变为陈陈相因的俗套时，受到批评是自然的。

### （二）才子佳人小说与杂糅小说

今人在研究才子佳人小说发展变化的轨迹时提出了四个分期的观点。认为明崇祯至清顺治为第一阶段，是才子佳人小说的产生期。这一阶段开风气之先，《玉娇梨》《平山冷燕》等为才子佳人小说的兴起奠定了基础；清康熙至乾隆前期为第二阶段，是才子佳人小说创作的全盛期。这一阶段天花藏主人参与到创作的行列，以其创作实绩迎来了才子佳人小说繁盛的局面；清乾隆年间至鸦片战争爆发前为第三阶段，是才子佳人小说的延续期。这一阶段一批小说家投身才子佳人小说写作，为开拓题材进行了可贵的尝试，如《英云梦》《雪月梅传》《白圭志》等在描写爱情的同时，将目光转向世俗世界，并在一定的程度上予以揭露和批判。鸦片战争以后到19世纪末为第四阶段，是才子佳人小说创作的后期。由于社会矛盾、民族矛盾的日益上升，才子佳人小说创作让位于直面现实的讽刺、谴责小说[1]。不过，这一认识有偏颇之处。首先，乾隆年间《红楼梦》的问世，已打破了才子佳人小说主导小说创作潮流的局

---

[1] 苗壮《才子佳人小说史话》，辽宁教育出版社2000年版，第11—37页。

面。此后，才子佳人小说虽时有出现，但已是强弩之末。其次，才子佳人小说在创作的过程中，有逐步加强关注世俗社会的倾向。其三，题材上的拓展，开始突破旧有叙述模式，在一定的程度上冲击了才子佳人小说既定的文化秩序。鉴于这样的原因，我们主张从更广阔的文化视野考察才子佳人小说嬗变的轨迹。

所谓才子佳人小说，是指明末清初诞生的书写才子与佳人悲欢离合的爱情小说。从现存的作品看，才子佳人小说从诞生的那天起就已经出现了两种不同的走向。一是集中笔墨叙述才子佳人悲欢离合的爱情故事，其间，虽有汲取历史演义、英雄传奇、神魔小说、世情小说情节的现象，但才子佳人小说只是把这些情节与爱情主线连接在一起，通过量上的控制，使这些情节为才子佳人的活动服务，以避免冲淡叙述爱情的主线。其

◎ 云封山人编次，一啸居士评点《绣像铁花仙史》绣像
（清康熙年间恒谦堂刻本，法国国家图书馆藏）

中,《好逑传》《平山冷燕》等是其代表作；二是全面择取历史演义、英雄传奇、神魔小说、世情小说的创作元素，为了从不同的角度展示才子佳人的才能，小说具有杂糅不同类型小说的创作倾向。其中,《铁花仙史》《金云翘传》等是其代表作。具体地讲,《铁花仙史》的命名与《金瓶梅》一脉相承,“铁”指古剑,“花”指古剑所化之玉芙蓉精,“仙”指苏紫宸。《铁花仙史》在叙述王儒珍与蔡若兰的爱情故事时，花很大的篇幅叙述了苏紫宸征讨海寇，功成身退，入山修道的情节，又花很大的篇幅描述了陈秋遴与古剑（玉芙蓉精）之间的故事。当才子佳人小说过多地杂糅“四大奇书”的情节元素时，才子佳人的爱情主线已完全退到了叙述的次要地位。诚如张俊所说：“这类作品把才子佳人置于兵戈战阵之中，有些还杂糅进一些妖异怪诞成分，意在丰富小说内容，摆脱陈陈相因故套。”[1]这种尝试无疑是有益的，它表明，明末清初的小说家们不满足于现存的小说秩序，希望通过探索在题材上进行新的开拓。应该说，这是非常值得注意的文学现象。为了论述上的方便，不妨将这类作品称之为杂糅小说。

杂糅小说是才子佳人小说的变体，两者的天然联系似乎很难将它们区分开来，但是如果注意到杂糅小说虽以叙述才子佳人的悲欢离合为线索，但叙述主体已发生根本性的变化。具体

[1] 张俊《清代小说史》，浙江古籍出版社 1997 年版，第 163 页。

地讲，在推动情节发展时，杂糅小说时常用专门的章回书写历史演义、英雄传奇、神魔小说、世情小说必备的内容。如《归莲梦》是一部将爱情、历史与神魔等诸种因素综合在一起的小说。在创作上，当杂糅小说试图摆脱才子佳人小说的叙述模式时，在模仿因袭“四大奇书”的情节方面比才子佳人小说走得更远。

杂糅小说是一个独特的文学现象，在写作中特别注意吸收新小说题材的创作元素。如公案小说问世后，杂糅小说迅速地吸收其创作元素，又将公案的叙述内容拉入小说之中。明小说家吴还初交代《郭青螺六省听讼录新民公案》的写作动机时

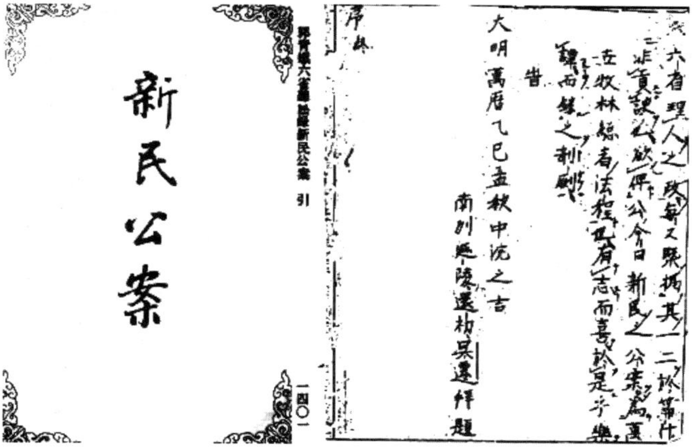
新民公案

郭青螺六省聽訟錄新民公案　引

一四〇一

大明萬曆乙巳孟秋中浣之吉

南州延陵還初吳還伻題

◎ 吴还初《郭青螺六省听讼录新民公案》书影
（日本延享元年抄本，中国台湾大学藏）

指出："欲俾公今日新民之公案，为万世牧林总者法程也。"[1]清人称编撰《施公案》的目的时写道："使天下后人知施公之为人，且使为官者知以施公为法也。"[2]编撰公案小说的重要目的是为做官者提供法律知识和断案依据。由于公案小说刊行后在一定的程度上满足了人们的猎奇心理，受到不同社会群体的普遍欢迎。受其影响，杂糅小说开始将公案故事纳入情节之中，试图以此来进一步吸引读者。如风月盟主即声称《赛花

◎《赛花铃》书影、绣像
（康熙刻本，大连图书馆藏）

[1] 吴还初《郭青螺六省听讼录新民公案·引》，刘世德等主编《古本小说丛刊》第3辑，中华书局1990年版，第1401页。
[2] 无名氏编写，林建明校点《施公案》，江苏古籍出版社1994年版，第2003页。

铃》是一部“干戈、鬼物、讼狱、婚姻兼备”[1]的小说。

在才子佳人小说的影响下，杂糅小说出现了炫耀才学的现象。从结构上看，炫耀才学往往会使情节横生枝节，会使情节变得松散。然而，从杂糅小说家的本意看，加强炫耀才学情节的描写不仅仅是在故事叙述中、人物形象塑造中卖弄才学，更重要的是改变书中的主人公文弱书生的形象，让他们无所不通、无所不能。平心而论，才子佳人小说向杂糅方向发展的目的，主要是为了投世俗所好和追求商业利益。然而，当这种做法逐步发展为抄袭拼凑、改头换面式的粗制滥造时，则标志着才子佳人小说走上了末路。

从才子佳人小说到杂糅小说虽有人物模式化、结构程式化等诸多缺陷，然而，它在开拓题材、转移叙述方向、以新的诉求满足不同群体的文化心理等方面却进行了有益的尝试。因才子佳人小说、杂糅小说的创作群体是长期混迹于下层的文士，其存在意义，就是开启文人独立创作的新阶段。如果去掉才子佳人小说、杂糅小说这一链条的话，那么，中国古代小说史将是不完整的。众所周知，《红楼梦》是中国古典小说的高峰，洋溢着强烈的批判现实的文化精神。从才子佳人小说到曹雪芹的《红楼梦》，历史的担当和文化的担当是在前代的基础上实现的。

---

[1]　白云道人编次，烟水散人校阅，段扬华校点《赛花铃·后序》，《中国古代珍稀本小说》第7册，春风文艺出版社1994年版，第409页。

### （三）才子佳人小说的艺术成就

才子佳人是中国古代小说重要的题材。追溯文人创作才子佳人小说的源头，首先与元稹有莫大的关系。在《莺莺传》中，元稹讲述了崔莺莺与张生的爱情故事，这一故事对后世产生了深远的影响，如元杂剧作家王实甫在此基础上创作了《西厢记》。

进入20世纪以后，《莺莺传》再度引起人们的关注。如鲁迅、陈寅恪、霍松林、卞孝萱等一批学者就《莺莺传》的创作时间、原型以及崔、张离异的原因等发表了看法。在这中间，许多学者对元稹欣赏张生“始乱终弃”的态度提出批判，认为元稹借此表达了士大夫“始乱终弃”的情感。其实，这一貌似公允的批判已违背了元稹的本意。在《莺莺传》中，元稹通过强调南北朝旧俗，在一定的程度上影射了唐代沿袭旧俗的现实，从而以“始乱终弃”的叙述将矛头指向了唐代政治婚姻的现状。对此，陈寅恪先生有清醒的认识，他在《读莺莺传》中指出：“盖唐代社会承南北朝之旧俗，通以二事评量人品之高下。此二事，一曰婚，二曰宦。凡婚而不娶名家女，与仕而不由清望官，俱为社会所不齿。此类例证甚众，且为治史者所习知，故兹不论。但明乎此，则微之所以作莺莺传，直叙其自身始乱终弃之事迹，绝不为之少惭，或略讳者，即职是故也。”[1]及至宋元，崔莺莺与张生的故事受到人们的普遍欢迎，将其改写为有情人终成眷属的大团圆结局，实已开后世才子佳人小说的先河。

从宋元到明清，才子佳人的故事成为通俗文学关注的焦点，这一题材经久不衰与社会主流意识占主导地位息息相关。自汉代开创依经治国的传统以后，儒家思想逐渐植入了社会群体的深层记忆，在这一文化背景下，入世进取作为社会群体认同的基本价值取向，往往把对爱情的追求与科举上的成功联系在一起。在这一过程中，仕途上的得意与婚姻上的美满自然是凤凰于飞时缺一不可的双翼。如五色石主人编述《五色石》时写道：“天下才子，定当配佳人，佳人定当配才

新鐫批評繡像玉嬌梨小傳
荑秋散人編次
第一回
小才女代父題詩
詩曰：六經原本在人心，笑罵皆文好細尋。天地戲場觀莫矮，古今聚訟眼須深。詩存鄭衛非無意，亂著春秋豈是淫。更有子雲千載後，生生死死謝知音。

◎《玉娇梨》书影、绣像
（清康熙刻本，日本内阁文库藏）

[1]　陈寅恪《元白诗笺证稿》，三联书店2001年版，第116页。

子。然二者相须之殷，往往相遇之疏。绝代娇娃偏遇着庸夫村汉；风流文士偏不遇艳质芳资。正不知天公何意，便要如此配合。”[1]《玉娇梨》亦借苏友白之口道出：“婚姻乃人生第一件大事，若才貌不相配，便是终身一累，岂可轻易许人？”[2]在这一创作意图的驱动下，才子佳人间的遇合便在叙述理想婚宦生活的背景下揭开了序幕。

在才子佳人的故事叙述中，小说家为打破父母之命、媒妁之言的叙述格局进行了可喜的探索，进而对才子佳人自主择偶的行为进行了积极的肯定。如《平山冷燕》写冷绛雪的父亲替女儿择婿，因冷绛雪有言“人家总不论，城里乡间也不拘，只要他有才学”（第六回）在先，故只能按照她的意愿去寻觅有才学的才子。又如《飞花咏》，大肆渲染了昌小姐守节不嫁，其父母无可奈何的情节（参见第十一、十二回）。再如《宛如约》塑造了一个自择夫婿的女性形象。赵如子生于农家，父母双亡，从族叔祖读书，因不甘埋没，遂女扮男装出游自择夫婿。从才子佳人小说描写的婚姻状况看，小说家明显地受到晚明争取个性解放的影响，希望通过叙述才子佳人的婚姻状况来表达反对“门当户对”的思想。或许是在这一创作心理的支配下，在他们的笔下产生了一系列才貌出众、本领高强的男女主

[1] 笔炼阁主人原著，萧欣桥校点《五色石》卷一，江苏古籍出版社 1993 年版，第 1 页。
[2] 荑狄散人编次《玉娇梨》第五回，人民文学出版社 1983 年版，第 52 页。

人公。如《好逑传》中的铁中玉不仅是一个丰姿俊秀、才华过人，符合专制社会道德伦理标准的儒雅君子，而且还是个意志坚强、武功超群、扶危济困的侠义之士。可以说，在小说家的精心塑造下，铁中玉几乎就是无可比拟的完人。又如《平山冷燕》中的山黛，聪明早慧，才华过人，虽七岁幼女，却能力敌群英，在与翰苑名公、玉堂学士、词坛宿彦、诗社名流的较量中立于不败之地。

与理想发生冲突的是现实。在抒写才子佳人的美好世界时，小说家还在一定的程度上侧击了冷酷的现实。如为了加强情节的曲折性，小说家在不同的程度上将才子佳人的爱情故事放在现实的背景下展开。为了推动故事情节的发展，反衬理想爱情的难能可贵，小说家以主人公悲欢离合的爱情故事为主线，揭露了社会中存在的丑恶现象。具体地讲，有两点值得注

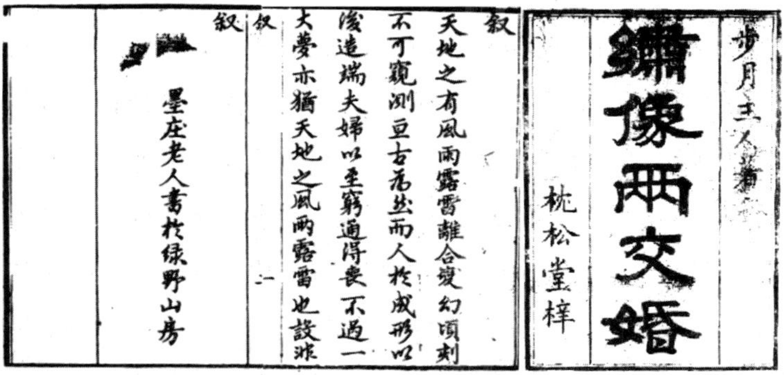
步月主人著
繡像兩交婚
枕松堂梓

叙
天地之有風雨露雷離合變幻頃刻不可窺測亘古為然而人於成形以後遭端夫婦以至窮通得喪不過一大夢亦猶天地之風雨露雷也設非

叙　二

叙
墨莊老人書於綠野山房

◎ 清步月主人《两交婚》书影
（枕松堂刻本，法国国家图书馆藏）

意：一是揭露科场考试中的种种劣迹。如《两交婚》叙述甘颐府试时，“比案首的更好，只因未曾行贿，所以搁起”，面对不公，甘颐只能发出“白日求才，青天取士，无非要显文明治。如何灿灿斗魁光，化为赫赫金银气”（第一回）的不平之气。又如《平山冷燕》叙述了科考行贿一事，因主考官贪图钱财，乃至于发生了“案首就是一个大乡宦的子弟，第二至第十，皆是大富之家一窍不通之人”（第七回）的事件；二是暴露官场的腐败和黑暗。如《好逑传》中的沙利以侯爵之位公然抢夺书生韩愿受聘的妻子，韩愿进京告状无门。作家在叙述这一现象时借用书中人物铁中玉之口写道：“他们官官相护，谁肯出头作恶？吾兄自递，未免空费一番气力，终归无用。”《玉支玑》写卜公子为了占有管彤秀，先是利用其父的权势调走了管侍郎，随后又胁迫知县夺走定亲的信物，再后率党徒公然上门抢人。《玉娇梨》写杨御史为子求婚遭到白太常拒绝后，用奏请白太常出使塞北的手段来施加报复。《定情人》写驸马屠劳想招赘双星为婿，遭拒绝后，不胜大怒道：“他也不晓得宦途险隘，且教他小挫一番，再不知机就我，看他有甚本事做官。”（第十二回）受屠驸马嘱托，当事遂举荐双星远赴朝鲜、琉球册封，备受颠簸劳顿之苦。《幻中真》写何太师因状元汪万钟不愿入赘，先是把他锁禁在书房不放，接着向皇上举荐这位文弱书生带兵征剿，其目的是要“使他历尽艰辛，那时不怕不来求我”（第七回）。

从大的方面讲，才子佳人小说批判社会、揭露官场黑暗的力量是有限的，关注现实只是为了强调才子佳人悲欢离合的曲折性，其主旨并不是要批判现实。形成这一格局有诸多方面的原因，其中最为重要的因素是，创作才子佳人小说的主体是一批与封建统治有着千丝万缕关系的文人。在他们的意识深处，更多的是维护统治阶级的利益。

## （四）《红楼梦》对才子佳人小说的超越

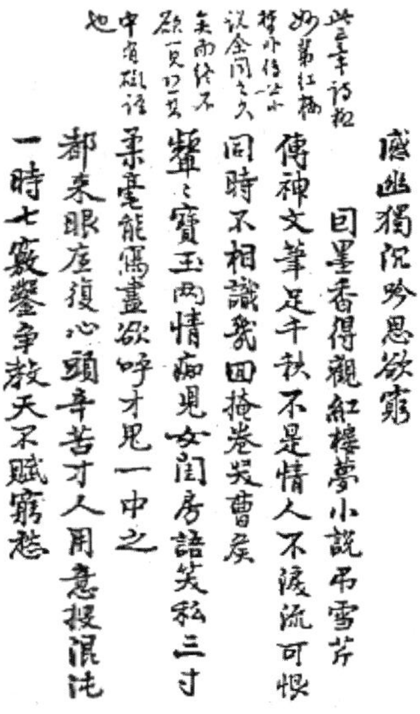


◎ 永忠手书《因墨香得观〈红楼梦〉小说吊雪芹》诗三首书影（中国国家图书馆藏《延芬室集》）

才子佳人小说改变了明“四大奇书”确立的题材方向。在反拨通俗小说叙述秩序的过程中，通过开拓题材，才子佳人小说给通俗小说吹进了一股清风。然而，当文人创作与书坊主人结合在一起使之成为追逐商业利益的工具时，才子佳人小说必然会陷入陈陈相因的俗套。尽管如此，才子佳人小说所作的艺术尝试依旧是有益的，起码说，这一创作为曹雪芹写作《红楼梦》提供了

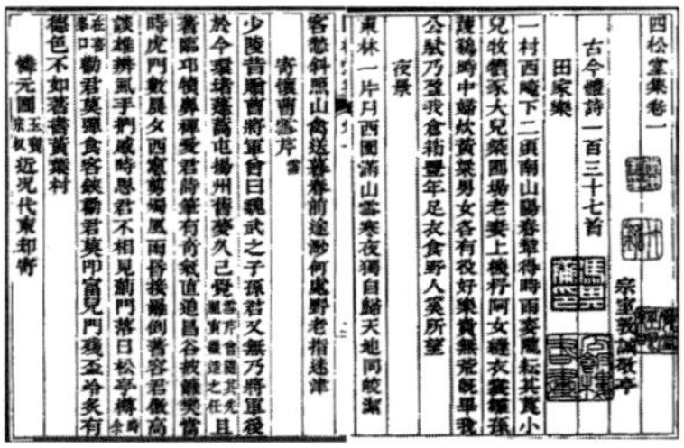
四松堂集卷一
宗室敦誠敬亭
古今體詩一百三十七首
田家樂
夜景
東林一片月西園滿山雪寒夜獨自歸天地同皎潔
客愁斜照山禽送暮春前途渺何處野老指迷津
寄懷曹雪芹
少陵昔贈曹將軍曾曰魏武之子孫君又無乃將軍後於今環堵蓬蒿屯揚州舊夢久已覺且著臨邛犢鼻褌愛君詩筆有奇氣直追昌谷破籬樊當時虎門數晨夕西窗剪燭風雨昏接䍦倒著容君傲高談雄辯虱手捫感時思君不相見薊門落日松亭樽勸君莫彈食客鋏勸君莫叩富兒門殘杯冷炙有德色不如著書黃葉村
佛元圖

◎ 爱新觉罗・敦诚《四松堂集・寄怀曹雪芹》书影（清嘉庆刻本）

必要的前期准备，为《红楼梦》开创通俗小说的辉煌奠定了坚实的基础。

从思想内容上看，才子佳人小说虽有固定的程式，批判社会的内容比较单薄，但创作主体依旧希望以小说为载体承担其所想所思。如笔炼阁主人为《五色石》作序时写道：

> 《五色石》何为而作也？学女娲氏之补天而作也。客问予曰：“天可补乎？”予曰：“不可。轻清为天，何补之有。”客曰：“然则女娲炼石之说何居？”予曰：“女娲氏吾不知其有焉否也，五色石吾不知其有焉否也，特昔人妄言之，而子姑妄听之云尔。然而女娲所补之天，有形之天也，吾今所补之天，无形之天也。有形之天曰天象，无形之天曰天道。天象之缺不必补，天道之缺则深有待于补。”……客曰：“如子所言，其缺诚有然矣。今子以文代石，遂足以补之乎？”予曰：“吾固有与子言之矣，女娲氏五色石，吾不知其有焉否也，则吾今日以文代石而欲补之，亦未知其能补焉否也。第自吾妄言之，而抵掌快心；子妄听之，而入耳满志。举向所望，其如是恨，其不如是

者，今俱作如是观，则以是为补焉而已矣。”客闻予言而称善。予遂以《五色石》名篇而为之序。[1]

题“笔炼阁编述”的《五色石》没有具体的刊刻年代，据今人研究，一说“当是清初刻本”[2]，一说出自康熙年间徐述夔之手[3]。这两种说法虽然不一，但作品出现在曹雪芹创作《红楼梦》之前当没有任何疑义。《五色石》共八卷，分述八个故事。从内容上看，《五色石》叙述的人物均是才子佳人，

◎《五色石》书影、绣像
（清刻本，大连图书馆藏）

[1] 笔炼阁主人原著，萧欣桥校点《五色石》，江苏古籍出版社 1993 年版，第 212—213 页。
[2] 大连图书馆参考部编《明清小说序跋选》，春风文艺出版社 1983 年版，第 35 页。
[3] 关于作者及相关事迹，可参见江苏省社会科学院明清小说研究中心编《中国通俗小说总目提要》，中国文联出版公司 1990 年版，第 480 页。

因此，完全可以把它视为才子佳人小说。在序中，笔炼阁主人反复强调将小说命名为“五色石”的目的，是为了像女娲补天那样补“天道”，是为了以《五色石》为载体传达内心的不平之气。

无独有偶，曹雪芹交代《红楼梦》写作的动机时也用了女娲补天的故事。曹雪芹在《红楼梦》第一回中写道：

看官，你道此书从何而起？说起根由虽近荒唐，细按则深有趣味……原来女娲氏炼石补天之时，于大荒山无稽崖炼成高经十二丈、方经二十四丈顽石三万六千五百零一块。娲皇氏只用了三万六千五百块，只单单剩了一块未用，便弃在此山青埂峰下。谁知此石自经煅炼之后，灵性已通，因见众石俱得补天，独自己无材不堪入选，遂自怨自叹，日夜悲号惭愧。一日，正当嗟悼之际，俄见一僧一道远远而来，生得骨相不凡，丰神迥异，说说笑笑来至峰下，坐于石边高谈快论。先是说些云山雾海神仙玄幻之事，后便说到红尘中荣华富贵。此石听了，不觉打动凡心，也想要到人间去享一享这荣华富贵；但自恨粗蠢，不得已，便口吐人言，向那僧道说道：“大师，弟子蠢物，不能见礼了。适闻二位谈那人世间荣耀繁华，心切慕之。弟子质虽粗蠢，性却稍通；况见二师仙形道体，定非凡品，必有补天济世之材，利物济人之德。如蒙发一点慈心，携带弟子得入红尘，在那富贵场中、温柔乡里受享几年，自当永佩洪恩，万劫不忘也。”二仙师听毕，齐憨笑道：“善哉，善哉！那红尘中有却有些乐事，但不能永远依恃；况又有‘美中不足，好事多魔’八个字紧相连属，瞬息间又乐极悲生，人非物换，究竟是到头一梦，万境归空，倒不如不去的好。”这石凡心已炽，那里听得进这话去，乃复苦求再四。二仙知不可强制，乃叹道：“此亦静极思动，无中生有之数也。既如此，我们便携你去享受享受，只是到不得意时，切莫后悔。”……那僧便念咒书符，大展幻术，将一块大石登时变成一块鲜明莹洁的美玉，且又缩成扇坠大小的可佩可拿。那僧托于掌上，笑道：“形体倒也是个宝物了！还只没有实在的好处，须得再镌上数字，使人一见便知是奇物方妙。然后携你到那昌明隆盛之邦，诗礼簪缨之族，花柳繁华地，温柔富贵乡去安身乐业。”

……

后来，又不知过了几世几劫，因有个空空道人访道求仙，忽从这大荒山无稽崖青埂峰下经过，忽见一大块石上字迹分明，编述历历。空空道人乃从头一看，原来就是无材补天，幻形入世，蒙茫茫大士、渺渺真人推携入红尘，历尽离合悲欢炎凉世态的一段故事。后面又有一首偈云：

无材可去补苍天，枉入红尘若许年。此系身前身后事，倩谁记去作奇传？[1]

比较笔炼阁主人与曹雪芹各自交代写作动机的话语，可知他们之所以关注女娲补天的神话，是因为女娲补天传达了士人高远的志向即入世进取的雄心壮志，是因为不管他们怎么失意，胸中始终有着济世的情怀。正是这样的原因，他们希望通过情节的展开及人物形象的行为来传达人生追求中梦想不能成真的感喟。从表面上看，曹雪芹用女娲补天的故事拉开《红楼梦》的序幕，与《五色石》存在着某种巧合，但如果深入地考察曹雪芹的内心世界，则不难发现，曹雪芹有着更为强烈的“补天”之情，是在以《红楼梦》为载

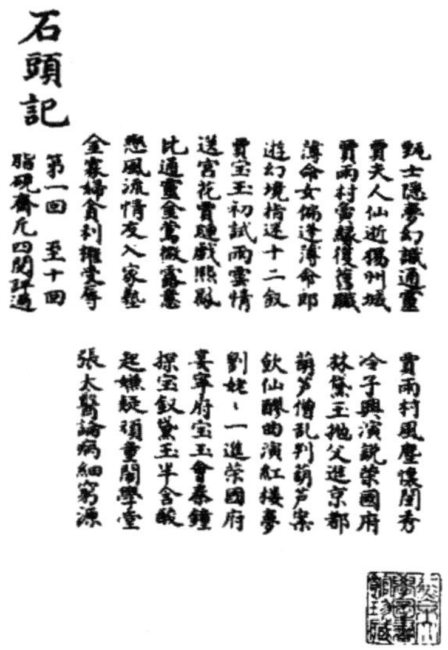
石頭記
第一回 至十回
脂硯齋凡四閱評過

甄士隱夢幻識通靈 賈雨村風塵懷閨秀
賈夫人仙逝揚州城 冷子興演說榮國府
賈雨村夤緣復舊職 林黛玉拋父進京都
薄命女偏逢薄命郎 葫蘆僧亂判葫蘆案
遊幻境指迷十二釵 飲仙醪曲演紅樓夢
賈宝玉初試雲雨情 劉姥、一進榮國府
送宮花賈璉戲熙鳳 宴寧府宝玉會秦鐘
比通靈金鶯微露意 探宝釵黛玉半含酸
戀風流情友入家塾 起嫌疑頑童鬧學堂
金寡婦貪利權受辱 張太醫論病細窮源

◎《脂砚斋重评石头记》（庚辰本）书影
（北京大学图书馆藏）

[1] 曹雪芹、高鹗著《红楼梦》，人民文学出版社 1996 年版，第 2—4 页。

体承担难以化解的情结，倾诉“补天”理想破灭的过程。关于这点，与曹雪芹关系极为密切的脂砚斋看得十分清楚。当曹雪芹写到“原来女娲氏炼石补天之时”处，脂砚斋立即评论道：“补天济世，勿认真，用常言。”（见《脂砚斋重评石头记》庚辰本，以下所引不注明者皆引自庚辰本）。当曹雪芹写下“无材可去补苍天”之语时，脂砚斋又用“书之本旨”四字表达其看法。如果加以比较的话，不难发现，曹雪芹的“补天”追求与士人的“补天”情结有本质上的不同。具体地讲，从康熙到乾隆年间，经历一系列的变故后，曹雪芹的家庭从社会上层沦落到下层，在目睹和经历了种种的世态炎凉之后，曹雪芹对封建社会的弊端有了更为深刻和清醒的认识。在这样的背景下，曹雪芹的“补天”与其说是像士人那样拾遗补阙，倒不如说是用旁观者的冷眼去看待盛世下的危机，暴露和批判专制社会表现出的弊端。从这样的角度看，曹雪芹的思想境界明显地高于那些提倡书写才子佳人小说的作家。

曹雪芹强调女娲炼石补天这一神话，承担“此开卷第一回也。作者自云：因曾历过一番梦幻之后，故将真事隐去，而借“通灵”之说，撰此《石头记》一书也”[1]的意图。具体地讲，强调女娲补天的意图有三：一是曹雪芹把人生经历视为“梦幻”，通过强调“将真事隐去”的叙述原则，隐含了批判

[1]　曹雪芹、高鹗著《红楼梦》，人民文学出版社 1996 年版，第 1 页。

现实的意图；二是建立“通灵”宝玉与“石头”之间的联系，暗示贾宝玉同时具有“通灵”宝玉和“石头”（“顽石”）的双重品格；三是将话语转移到叙述女娲炼石补天的故事方面。这三个方面相互补充，既传达了《红楼梦》与才子佳人小说的区别，同时也展示了曹雪芹提升才子佳人小说审美境界的决心和能力。

为了突破才子佳人小说设下的樊篱，曹雪芹对才子佳人小说的叙述结构进行了深入的研究，并毫不留情地批判了其固定的格式和套路。具体地讲，为了消除读者将《红楼梦》与才子佳人小说等同起来，不能真正理解其创作意图，曹雪芹在《红楼梦》第一回中借石头之口写道：

> 至若才子佳人等书，则又千部共出一套，且其中终不能不涉于淫滥，以致满纸潘安、子建、西子、文君，不过作者要写出自己的那两首情诗艳赋来，故假拟出男女二人名姓，又必旁出一小人期间拨乱，亦如剧中之小丑然。且鬟婢开口即者也之乎，非文即理。故逐一看去，悉皆自相矛盾、大不近情理之话，竟不知我半世亲睹亲闻的这几个女子，虽不敢说强似前代书中所有之人，但事迹原委，亦可以消愁破闷；也有几首歪诗熟话，可以喷饭供酒。至若离合悲欢，兴衰际遇，则又追踪蹑迹，不敢稍加穿凿，徒为供人之目而反失其真传者。今之人，贫者日为衣食所

累，富者又怀不足之心，纵一时稍闲，又有贪淫恋色、好货寻愁之事，那里去有工夫看那理治之书？所以我这段故事，也不愿世人称奇道妙，也不定要世人喜悦检读，只愿他们当那醉淫饱卧之时，或避事去愁之际，把此一玩，岂不省了些寿命筋力？就比那谋虚逐妄，却也省了口舌是非之害，腿脚奔忙之苦。再者，亦令世人换新眼目，不比那胡牵乱扯忽离忽遇，满纸才人淑女、子建文君红娘小玉等通共熟套之旧稿。[1]

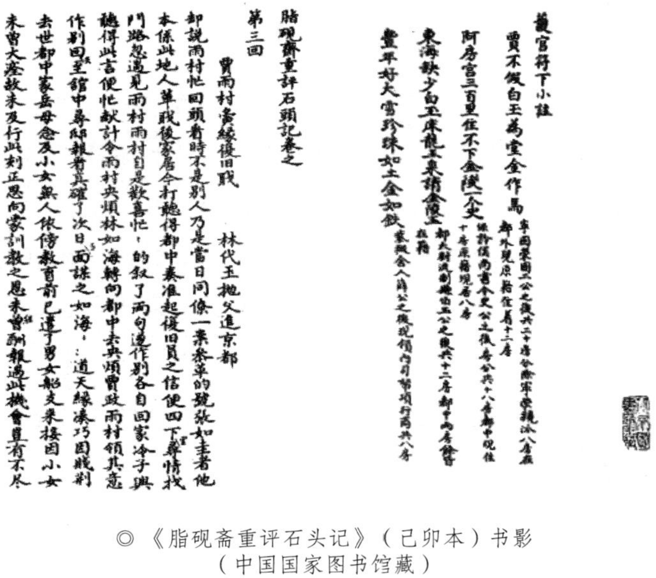
護官符下小註
賈不假白玉為堂金作馬　寧國榮國二公之後共二十房分除寧榮親派八房在都外現原籍住者十二房
阿房宮三百里住不下金陵一個史　保齡侯尚書令史公之後房分共十八都中現住者十房原籍現居八房
東海缺少白玉床龍王來請金陵王　都太尉統制縣伯王公之後共十二房都中二房餘在籍
豐年好大雪珍珠如土金如鐵　紫薇舍人薛公之後現領內府帑銀行商共八房

脂硯齋重評石頭記卷之
第三回
賈雨村夤緣復舊職　林代玉拋父進京都
卻說雨村忙回頭看時不是別人乃是當日同僚一案參革的號張如圭者他
本係此地人革職後家居今打聽得都中奏准起復舊員之信便四下裏尋情找
門路忽遇見雨村雨村自是歡喜忙忙的敘了兩句遂作別各自回家冷子興
聽得此言便忙獻計令雨村央煩林如海轉向都中去央煩賈政雨村領其意
作別回至館中尋邸報看真確了次日面謀之如海如海道天緣湊巧因賤荊
去世都中家岳母念及小女無人依傍教育前已遣了男女船隻來接因小女
未曾大痊故未及行此刻正思向蒙訓教之恩未曾酬報遇此機會豈有不盡

◎《脂砚斋重评石头记》（己卯本）书影
（中国国家图书馆藏）

[1]　曹雪芹、高鹗著《红楼梦》，人民文学出版社 1996 年版，第 5—6 页。

曹雪芹不但十分熟悉才子佳人小说的套路，而且对其思想贫乏、千篇一律的结构提出了批判，并提出了富有个性的创作原则和写作构想。鲁迅先生指出：“自有《红楼梦》出来以后，传统的思想和写法都打破了。”[1]客观地讲，这一打破“传统的思想和写法”与曹雪芹透过才子佳人的故事，通过书写一个专制社会大家庭的衰败来反映专制社会由盛到衰的过程紧密地联系在一起。如同样是以叙述才子佳人的故事为主线，但曹雪芹关心的对象显然不是男女主人公之间的悲欢离合，而是要通过叙述的过程去思考社会、担当人生，挖掘寓于其中的象征性。

从叙述宝黛爱情故事的内容看，曹雪芹非常注意运用象征手法，注意用象征性承担人物的命运，并以此关照自身。具体地讲，《红楼梦》中的通灵宝玉除了映照着贾宝玉的人生之路外，还承担了表达曹雪芹人生旅程的内容。首先，顽石的经历就是贾宝玉与曹雪芹的人生经历。如顽石无材补天而入红尘，贾宝玉也曾被贾家寄予厚望，第五回中有警幻仙姑受宁荣二公之灵所嘱，云贾府“自国朝定鼎以来，功名奕世，富贵传流，虽历百年，奈运终数尽，不可挽回者。故遗之子孙虽多，竟无可以继业。其中惟嫡孙宝玉一人，禀性乖张，生性怪谲，虽聪

[1] 鲁迅《中国小说的历史的变迁》，《鲁迅全集》第9卷，人民文学出版社1981年版，第338页。

明灵慧，略可望成，无奈吾家运数合终，恐无人规引入正”，让警幻“警其痴顽”，“使彼跳出迷人圈子，然后入于正路”之说。[1]然而，贾宝玉仍无法完成家族使命，曹雪芹亦有“生于荣华，终于苓落，半生经历，绝似‘石头’”[2]的经历，即有着与顽石相似的经历。顽石最终仍回归青埂峰下，与贾宝玉出家的经历大体相同。其次，顽石的心路就是贾宝玉与曹雪芹的心路历程。顽石与贾宝玉的前身神瑛侍者一样，因羡慕红尘中的荣华富贵而入尘世，然而，红尘中虽有些乐事，“但不能永远依恃，况又有‘美中不足，好事多魔’八个字紧相连属，瞬息间则又乐极悲生，人非物换，究竟是到头一梦，万境归空”。最终顽石与贾宝玉都看破红尘。由此可见，顽石故事寄寓了作者人生感悟，为他家族的衰亡谱写一曲悲凉的挽歌，并“以文代石”，将这种感悟和感叹赋予小说主人公及其家族中，也让读者去感悟一番。

曹雪芹写作《红楼梦》的动因是在反拨才子佳人小说的基础上实现的。如果没有才子佳人小说，《红楼梦》将很难取得世人瞩目的艺术成就。如《红楼梦》第五十四回，曹雪芹借贾母之口表达了批驳才子佳人小说的看法：

这些书都是一个套子，左不过是些佳人才子，最没

[1]　曹雪芹、高鹗著《红楼梦》，人民文学出版社 1996 年版，第 79—80 页。
[2]　鲁迅《中国小说史略》，人民文学出版社 1981 年版，第 236 页。

趣儿。把人家女儿说的那样坏，还说是佳人，编得连影儿也没有了。开口都是书香门第，父亲不是尚书就是宰相，生一个小姐必是爱如珍宝，这小姐必是通文知礼，无所不晓，竟是绝代佳人。只一见了一个清俊的男人，不管是亲是友，便想起终身大事来，父母也忘了，书礼也忘了，鬼不成鬼，贼不成贼，那一点儿是佳人？便是满腹文章，做出这些事来，也算不得是佳人了。比如男人满腹文章去作贼，难道那王法就说他是才子就不入贼情一案不成？可知那编书的是自己塞了自己的嘴。再者，既说是世宦书香大家小姐都知礼读书，连夫人都知书识礼，就是告老还家，自然这样大家人口多，奶母丫鬟服侍小姐的人也不少，怎么这些书上，凡有这样的事，就只小姐和紧跟的一个丫鬟？你们自想想，这些人都是管什么的，可是前言不答后语？

……

这有个原故：编这样书的，有一等妒人家富贵，或有求不遂心，所以编出来污秽人家。再一等，他自己看了这些书看魔了，他也想一个佳人，所以编了出来取乐。何尝他知道那世宦读书家的道理！别说他那书上那些世宦书礼大家，如今眼下真的，拿我们这中等人家说起，也没这样的事，别说是那些大家子。可知是诌掉了下巴的话。所以我们从不许说这些书，丫头们也不懂这些话。这几年我老了，他们姊妹们住得远，我偶然闷了，说几句听听，他们一来，就忙歇了。[1]

曹雪芹借贾母之口表达了鄙视才子佳人小说的思想情绪，旨在从思想和艺术等层面批判才子佳人小说的缺陷。反过来讲，在这一言论的背后，表明才子佳人小说不但在社会上广为流传，走进了上层社会，而且为曹雪芹创作《红楼梦》提供了必要的参考资料。如《女才子书》讲十二位才女的故事，作者

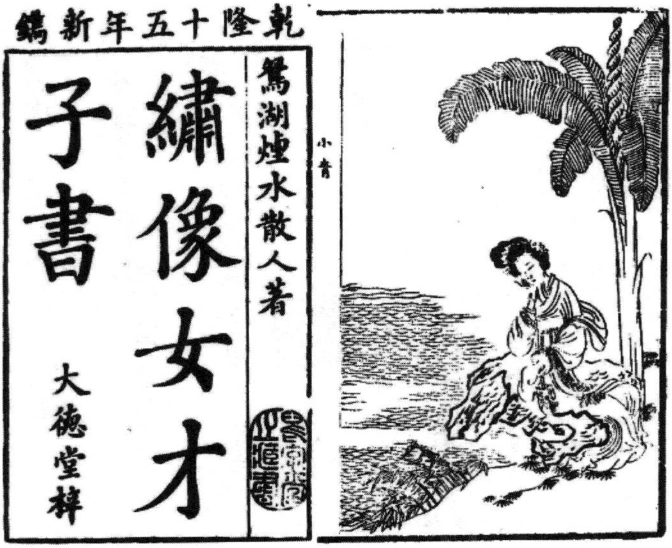


◎《绣像女才子书》书影、绣像
（清乾隆大德堂刻本）

[1] 曹雪芹、高鹗著《红楼梦》，人民文学出版社 1996 年版，第 738—739 页。

在“自记”中声称，这些才女“胆识和贤智兼收，才色与情韵并列。虽云十二，天下美人，尽在是编矣”[1]。这或多或少让人想起《红楼梦》“金陵十二钗”的故事叙述。又如《金云翘传》，王翠翘梦中所历的“断肠会”以及宦娘对二房王翠翘的所作所为，无不让人想起贾宝玉游“太虚幻境”以及王熙凤对尤二姐一事；再如《定情人》中写双公子吓痴了一节情事，与《红楼梦》爱极而痴的情节极为相似。其他如人物的命名方式，对女儿的理解与评价等，也能看出《红楼梦》对才子佳人

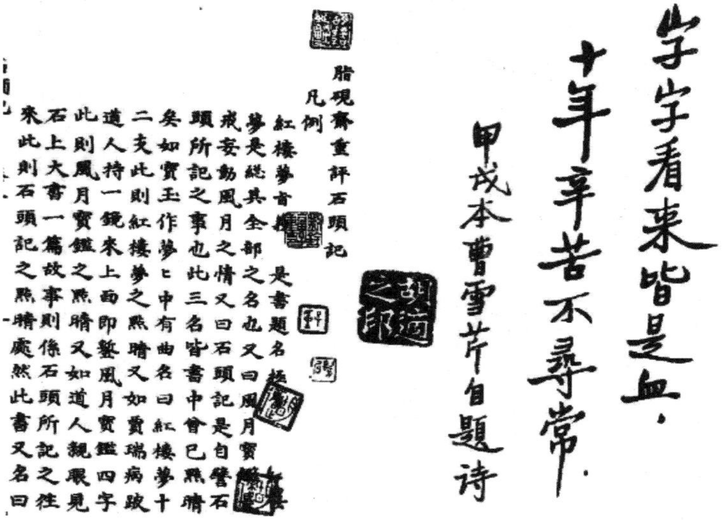


◎《脂砚斋重评石头记》（甲戌本）书影
（胡适藏）

[1] 鸳湖烟水散人《女才子书》，春风文艺出版社 1983 年版，第 169 页。

小说的继承与借鉴。此外，才子佳人小说强调才、貌、情的完美统一，三者之中，才、貌是基础，情是核心。才子佳人小说中的情除了渲染一见钟情之“情”外，也包含建立在共同志趣基础上的情投意合。这一点对《红楼梦》的影响是不言而喻的。

### （五）《红楼梦》的主题思想及研究

自《红楼梦》研究成为专门的学问即红学以后，人们先后在《红楼梦》版本研究、思想研究、艺术研究、语言研究、曹雪芹研究、曹家系谱及家世研究、《红楼梦》研究史等方面取得了斐然的成绩。然而，《红楼梦》毕竟是一部小说，因此，《红楼梦》的思想及主题自然是研究的基本面。

20世纪20年代，《红楼梦》研究掀起了第一个高潮。这一时期，胡适先生作《红楼梦考证》记录了王梦阮、蔡元培、陈康祺等人的三种观点[1]。稍后，鲁迅重申了胡适的归纳并有所补证[2]。具体地讲，王梦阮《红楼梦索隐》认为，《红楼梦》主要写清世祖与董鄂妃之间的爱情；蔡元培《石头记索隐》认为，《红楼梦》是反映康熙朝的政治小说；陈康祺《燕下乡脞

[1]　胡适《中国章回小说考证·红楼梦考证》，上海书店1979年版，第175—189页。

[2]　鲁迅《中国小说史略》，人民文学出版社1981年版，第234—235页。

录》认为,《红楼梦》叙述了明珠之子纳兰成德(纳兰性德)的家事。在充分关注这三种观点的基础上,胡适从曹雪芹生平家世考证入手,提出“这部书是曹雪芹的自叙传”[1]的观点。对此,鲁迅指出:“然谓《红楼梦》乃作者自叙,与本书开篇契合者,其说之出实最先,而确定反最后。嘉庆初,袁枚(《随园诗话》二)已云……迨胡适作考证,乃较然彰明,知曹雪芹实生于荣华,终于苓落,半生经历,绝似‘石头’,著书西郊,未就而没;晚出全书,乃高鹗续成之者矣。”[2]这些观点代表了当时研究的最高水平,为后人提供了两个思路,一是从索隐入手,认为《红楼梦》以真人真事为原型;一是认为《红楼梦》有鲜明的政治主题。从历史的角度看,这些观点自然有许多的不足,然而,这一研究成果却奠定了将《红楼梦》引向红学研究的基础。

20世纪50年代以后,《红楼梦》研究成为中国古代文学研究中的显学。在主题研究方面,蓝翎、李希凡先生通过批判以胡适、俞平伯先生为代表的“自传说”[3],主张用马克思主义的阶级斗争学说关注《红楼梦》的主题。他们指出:“《红楼梦》出现在清帝国的乾隆盛世,并不是偶然的现象。乾隆时代

---

[1] 胡适《中国章回小说考证·红楼梦考证》,上海书店1979年版,第206页。
[2] 鲁迅《中国小说史略》,人民文学出版社1981年版,第236页。
[3] 俞平伯的观点详见其著作《红楼梦辨》,人民文学出版社1973年版,第96页。

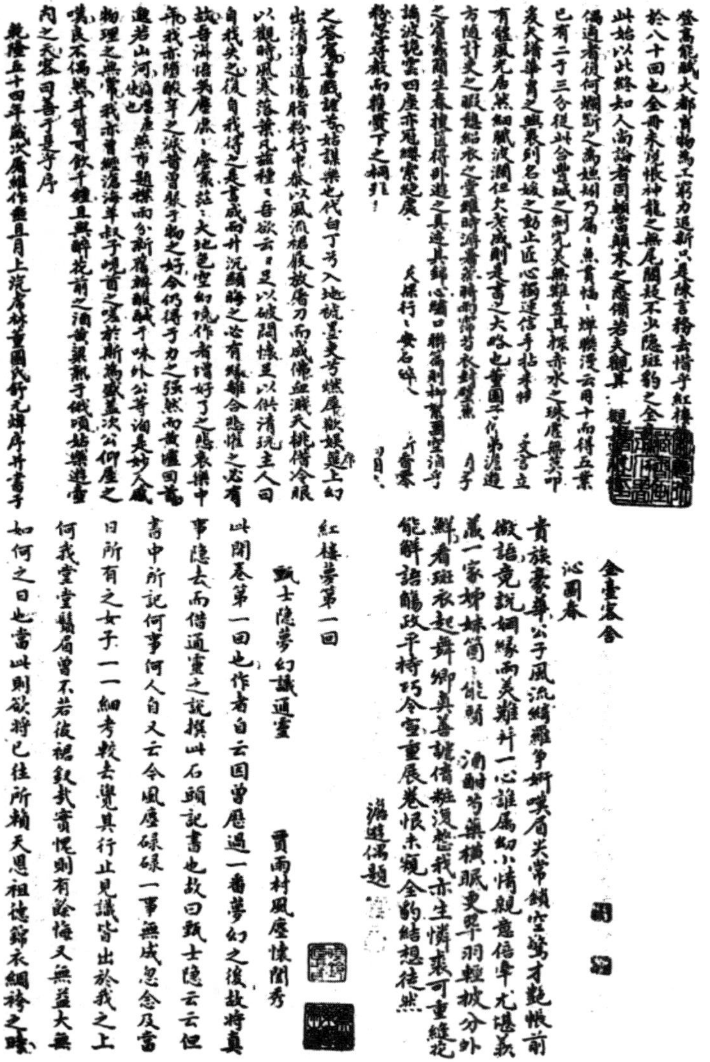

◎ 舒元炜序《红楼梦》抄本书影
（吴晓铃藏）

正是清王朝行将衰落的前奏曲。在这一巨变中注定了封建官僚地主阶级不可避免的死亡命运。这恶兆首先是由腐朽的封建统治集团内部的崩溃开始。曹雪芹就生活在这样一个时代，他的封建官僚家庭在这时代的转变中崩溃了，使他不得不过着贫苦的生活……但是他从自己的家庭遭遇和亲身生活体验中已预感到本阶级必然灭亡的历史命运。他将这种预感和封建统治集团内部崩溃的活生生的现实，以完整的艺术形象体现在红楼梦中。把封建官僚地主内部腐朽透顶的生活真实地暴露出来，表现出它必然崩溃的原因。作者用这幅生动的典型的现实生活的图画埋葬了封建统治阶级的历史命运。”[1]这一社会学批判的观点得到了毛泽东的支持，乃至于在长达30年的时间里成为《红楼梦》主题研究的权威观点。如接受蓝翎、李希凡先生的观点，吴调公先生指出：“《红楼梦》是这样一部以贾家的矛盾斗争图景作为当时封建社会阶级斗争的缩影的书。封建社会的一系列制度，包括官僚制度、宗法制度、科举制度、家庭制度、婚姻制度、奴婢制度，都触及了，都暴露了，也都批判了……因此，我们说《红楼梦》是一部写阶级斗争的书，是以贾家为首的四大家族的罪恶史和衰亡史。”[2]其实，用阶级对立的社会学观点研究《红楼梦》的主题是有缺陷的。诚如余英时指出的那样：“‘斗争论’对于《红楼梦》研究而言毕竟是

---

[1] 李希凡、蓝翎《关于〈红楼梦简论〉及其他》，《文史哲》1954年9月号。
[2] 吴调公《评〈红楼梦〉的爱情主题说》，《南京师院学报》1974年第1期。

外加的，是根据政治的需要而产生的。它不是被红学发展的内在逻辑所逼出来的结论。而且严格地说，‘斗争论’属于历史学——社会学——的范畴，而不在文学研究的领域之内。在这一点上它不但没有矫正胡适的历史考证的偏向，而且还把胡适的偏向推进了一步。”[1]余英时先生的观点在一定的程度上道出了《红楼梦》主题研究中的误区。

改革开放以后，《红楼梦》主题研究呈现出丰富多彩的局面。这一时期，人们除了继续用社会学的批判理论深化《红楼梦》主题研究外，同时还注意到何其芳先生“爱情主题说”的价值，乃至于主题研究在包容或兼顾诸家之说的过程中出现了百花齐放、百家争鸣的繁盛局面。如萧相恺先生指出：“这部小说所写，主要有三个方面的内容：一是它写出了宝玉、黛玉这一对青年男女间深沉的悲剧爱情；二是它写出了一个大家庭内部各种人物间的相互扶持，相互争斗的错综纷繁的人事关系，写出了他们的喜怒哀乐，也写出了这个家庭内一些人物的骄奢淫逸、腐败堕落；三是它写出了一个大家庭由盛而衰的变化历程。这三个方面，既是《红楼梦》思想内容的三大层次，又是构成《红楼梦》网状结构的三股主要绳索，有时还互为因果。”[2]很显然，萧相恺先生的“三重主题说”是在深入阅读文本，思考诸说合理成分的过程中提出的，其包容性表明主题

[1] 余英时《红楼梦的两个世界》，上海社会科学院出版社2002年版，第14页。
[2] 萧相恺《也谈〈红楼梦〉的主题》，《明清小说研究》1996年第3期。

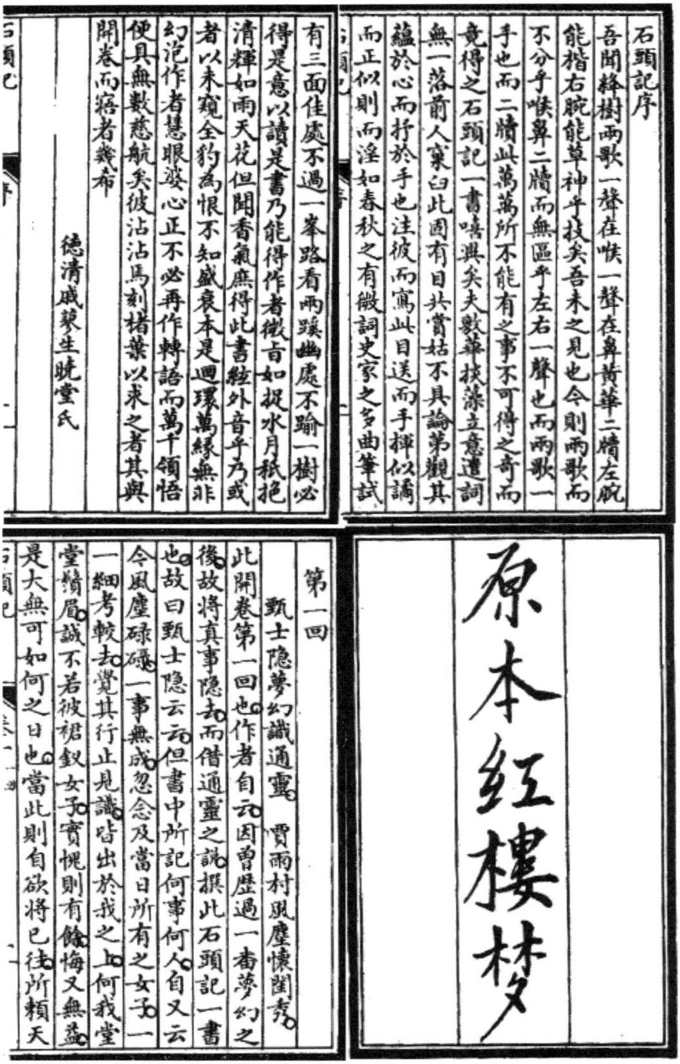
原本红樓梦

石頭記序

吾聞絳樹兩歌一聲在喉一聲在鼻黄華二牘左腕能楷右腕能草神乎技矣吾未之見也今則兩歌而不分乎喉鼻二牘而無區乎左右一聲也而兩歌一手也而二牘此萬萬所不能有之事不可得之奇而竟得之石頭記一書嘻異矣夫敷華掞藻立意遣詞無一落前人窠臼此固有目共賞姑不具論第觀其蘊於心而抒於手也注彼而寫此目送而手揮似譎而正似則而淫如春秋之有微詞史家之多曲筆試有三面佳處不過一峯路看兩蹊幽處不踰一樹必得是意以讀是書乃能得作者微旨如捉水月秖挹清輝如雨天花但聞香氣庶得此書絃外音乎乃或者以未窺全豹為恨不知盛衰本是迴環萬緣無非幻泡作者慧眼婆心正不必再作轉語而萬千領悟便具無數慈航矣彼沾沾焉刻楮葉以求之者其與開卷而寤者幾希

德清戚蓼生曉堂氏

第一回

甄士隱夢幻識通靈　賈雨村風塵懷閨秀

此開卷第一回也作者自云因曾歷過一番夢幻之後故將真事隱去而借通靈之說撰此石頭記一書也故曰甄士隱云云但書中所記何事何人自又云今風塵碌碌一事無成忽念及當日所有之女子一一細考較去覺其行止見識皆出於我之上何我堂堂鬚眉誠不若彼裙釵女子實愧則有餘悔又無益是大無可如何之日也當此則自欲將已往所賴天

◎ 戚蓼生序《原本红楼梦》书影
（上海有正书局宣统三年大字石印本）

研究开始走向兼收并蓄的整合阶段。

问题是，为什么会有那么多的人关心《红楼梦》的主题？道理很简单。《红楼梦》叙述稠密、思想丰赡、涉及多方面的内容。一般来说，作品的思想来源于作者的认知能力及对客观世界的把握。然而，作品的思想永远大于作者的思想，当作者以作品为载体表达个人的思想意图时，时常会忽略叙述时可能忽略的方面。此外，接受者在阅读文本时，经常会掺入个人的思想情感。由于文本有自身的丰赡性，再加上阅读者有不同的生活经历、艺术感受能力和认知能力，在阅读文本时往往会形成不同的看法。诚如鲁迅先生指出的那样：“《红楼梦》……单是命意，就因读者的眼光而有种种：经学家看见《易》，道学家看见淫，才子看见缠绵，革命家看见排满，流言家看见宫闱秘事……”[1]这种种现象的存在，遂决定了研究《红楼梦》的思想及主题时会出现不同的意见。

文本的丰赡性自然会给作品的思想研究带来不同的认识，然而，作品思想研究的基础是作家的思想意图。如果顺着这一思想路线走下去并结合文本进行分析的话，应该说，完全可以通过接近作家的思想意图来更好地把握《红楼梦》的主题思想。

解开曹雪芹主观命意的关键是《好了歌》。曹雪芹在《好

---

[1] 鲁迅《集外集拾遗补编·〈绛洞花主〉小引》，《鲁迅全集》第 8 卷，人民文学出版社 1981 年版，第 145 页。

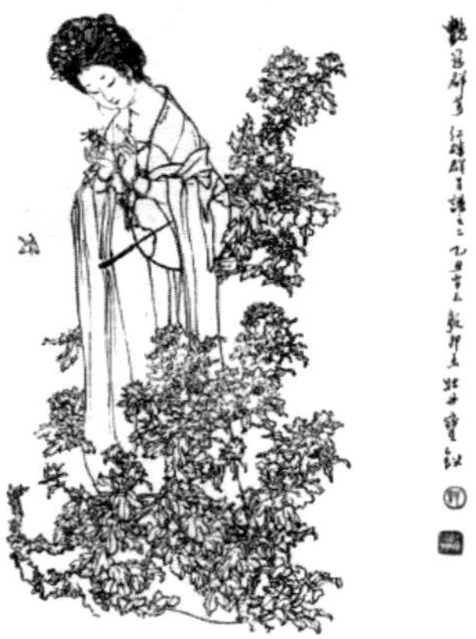

◎ 戴敦邦精绘《红楼梦》插图

了歌》中写道："世人都晓神仙好，惟有功名忘不了！古今将相在何方？荒冢一堆草没了。世人都晓神仙好，只有金银忘不了！终朝只恨聚无多，及到多时眼闭了。世人都晓神仙好，只有姣妻忘不了！君生日日说恩情，君死又随人去了。世人都晓神仙好，只有儿孙忘不了！痴心父母古来多，孝顺儿孙谁见了？"（《红楼梦》第一回）《好了歌》"是曹雪芹支撑'红楼'大厦的精神梁柱"[1]。沿着这样的思路，何永康先生指出："《好了歌》的基本倾向是揭露和批判邪恶。它以深刻的洞察力和极大的概括力，归纳出那个病态社会种种丑恶现象的主要特征，这就为《红楼梦》确定了批判现实的基调，使全书染上了愤世嫉俗的悲怆色彩。"[2]尽管《好了

[1] 何永康《红楼美学》，广陵书社 2008 年版，第 125 页。
[2] 何永康《红楼美学》，广陵书社 2008 年版，第 126 页。

歌》是解开曹雪芹主观命意的一把钥匙，然而，要真正把握《红楼梦》的主题思想还需要结合曹雪芹的生平事迹、其生活的时代等，更重要的是要抓住文本的叙述线索，才能在理解曹雪芹主观命意的基础上看清《红楼梦》的主题思想。进而言之，《红楼梦》的主题思想是在文本的叙述中逐步展示出来的。

《红楼梦》的文本叙述有多条线索，其中主线是宝黛爱情。在叙述这一主线时，曹雪芹强调了人物命运的悲剧性。以此为主线向外辐射，宝黛爱情活动的场所虽然是大观园，但又可放大为荣国府、宁国府。在这中间，曹雪芹一方面以大观园为去除身心枷锁的净土向外连接贾府、四大家族以及贾府以外的世界；另一方面通过叙述大观园人物的活动和命运，向外联系四大家族、叙述四大家族兴衰及在政治斗争中的沉浮，叙述四大家族由盛而衰的过程，进而为专制社会贵族大家庭走向衰败献上深深的叹息。从这样的角度看，《红楼梦》的主题思想实际上是在展示专制社会末期的社会生活画卷中表达的。

# 伍

# 从讽刺到暴露：《儒林外史》与晚清小说

如果说曹雪芹以宝黛爱情为主线将矛头指向专制社会政治秩序的话，那么，吴敬梓则通过描绘儒林众相生，有力地揭露了科举制度下的罪恶。客观地讲，吴敬梓《儒林外史》的存在意义是以讽刺为社会批判武器，给通俗小说赋予新的使命。西学东渐以后，文人的济世情怀与西方启蒙思想混融在一起，为晚清小说走上历史的舞台提供了先决条件。这一时期，以李宝嘉《官场现形记》为代表，小说通过揭露时弊，将人们的注意力引导到认识专制社会终结时期的怪现象方面。

### （一）《儒林外史》的讽刺艺术

正如《红楼梦》中许多事件为曹雪芹亲身经历的那样，《儒林外史》中的人与事在一定的程度也折射着吴敬梓个人的生活经历[1]。吴敬梓出生在一个世代走科举之路的官僚地主家庭，明清之际，吴敬梓曾祖兄弟五人除老二吴国器主持家政没有参加科举考试外，其余四人吴国鼎、吴国缙、吴国对、吴国龙均考中进士，为此，吴家迎来了“家门鼎盛”[2]时期。

鲁迅先生叙述家境衰败后饱尝人间冷暖时写道：“有谁从小康之家而坠入困顿的么，我以为在这途路中，大概可以看见

[1] 陈美林《吴敬梓的家世对其创作的影响》，《文学遗产》1985年第1期。
[2] 吴敬梓《移家赋》，《文木山房集》，古典文学出版社1957年版，第7页。

世人的真面目。”[1]凡是经历了家境由盛而衰的人，他们对社会的认识远比一般人来得真切。由于世态炎凉在吴敬梓的心中留下了过多的伤痕，或许是因为吴敬梓有机会看到科举制度下官场的丑恶，有机会洞察举子清高行为背面的龌龊，吴敬梓因此走上了放弃科举、批判科举罪恶的道路。

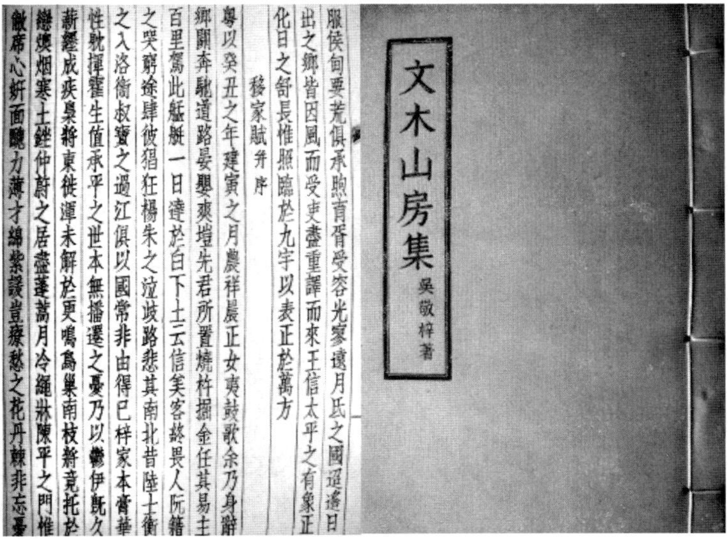


◎ 吴敬梓《文木山房集·移家赋》书影
（古典文学出版社 1957 年影印）

历史的承担往往与个人的生活境遇紧密地联系在一起。如果没有亲身体验科举考试的机会，没有广泛接触官场的机

[1] 鲁迅《呐喊自序》，《鲁迅全集》第 1 卷，人民文学出版社 1981 年版，第 415 页。

会，吴敬梓怎能将感慨寄寓笔端来担当揭露科举弊端、批判士林的责任呢?《儒林外史》是中国通俗小说第一部全方位批判士林的作品。它的存在意义向世人宣称，小说价值的高低与小说家的文化使命紧密地联系在一起，与小说家开拓题材，以新的艺术形象或审美情境关心时代风云息息相关。在吴敬梓稍前的年代，文言小说家蒲松龄用生花妙笔写下了《聊斋志异》。在《聊斋志异》中，蒲松龄将其矛头指向了科举，通过塑造一个又一个人物形象深化了人们对科举弊端的认识。然而，蒲松龄从不放弃科考，在长年坐馆、当幕僚的生涯中，只要有机会，他总是毫不犹豫地赶考，直到71岁时因科考彻底无望才援例出贡。走科举之路是蒲松龄永远无法割舍的情结。由此来考察《聊斋志异》抨击科举的篇什，其中，批判力度最大的《叶生》《司文郎》《于去恶》等只能担当揭露科举埋没人才的不平之气。进而言之，这一批判是与个人的牢骚拧结在一起的，因此，蒲松龄批判科举的力度是有限的。与之相比，吴敬梓以鄙视科举的行为表达反对科举的态度，其批判力度远远地超过了蒲松龄。如36岁时，安徽巡抚赵国麟推荐吴敬梓参加博学鸿词科考试，面对这一千载难逢的机会，吴敬梓不但以生病为由提出辞谢，而且以不再参加科考表达与科举的决绝之情。与蒲松龄相比，吴敬梓是在通过与科举制度的决裂，用冷峻的笔墨揭开科举制度的真实面目，暴露科举摧残人才、扭曲灵魂的黑幕。

为了细腻地解构科举制度腐蚀下的灵魂，吴敬梓集中笔墨重点描绘了科举制度戕害下的儒林众生相。通过叙述读书人痴迷于举业的事迹，重点抨击了科举制度对人性的摧残，八股文对读书人灵魂的戕害。一批出身贫寒的读书人，为了改变生活境遇，他们将一生的精力集中到研习八股文方面，视八股文为敲门砖，视科举考试为改变命运的唯一机会。如周进孜孜不倦地参加科考，但屡屡失利，乃至于年已六十依旧是位老童生。为了生计，周进到薛家集开馆授徒，因没有功名，不久，连当塾师的饭碗也丢了。后来，给商人当记账的周进路过省城贡院，“见两块号板摆的齐齐整整，不觉眼睛里一阵酸酸的，长叹一声，一头撞在号板上，直僵僵不醒人事”（第二回）。范进

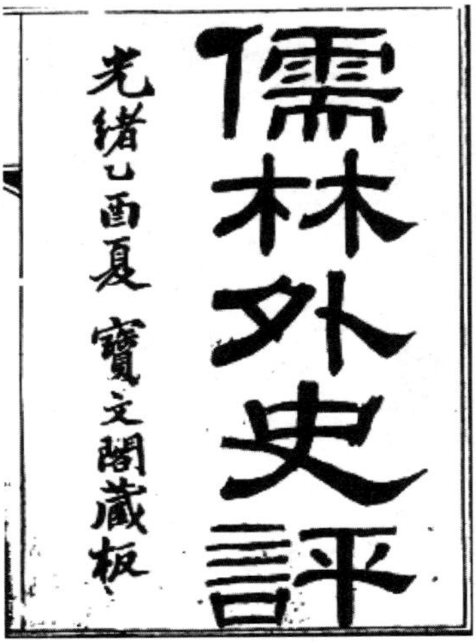
儒林外史評
光緒乙酉夏　寶文閣藏板

◎（清）天目山樵《儒林外史评》书影
（中国台北天一出版社 1985 影印）

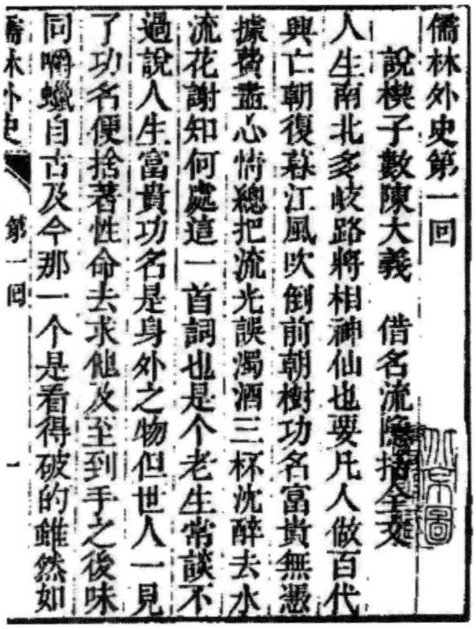
儒林外史第一回
說楔子敷陳大義　借名流隱括全文
人生南北多岐路將相神仙也要凡人做百代
興亡朝復暮江風吹倒前朝樹功名富貴無憑
據費盡心情總把流光誤濁酒三杯沉醉去水
流花謝知何處這一首詞也是個老生常談不
過說人生富貴功名是身外之物但世人一見
了功名便捨著性命去求他及至到手之後味
同嚼蠟自古及今那一个是看得破的雖然如
儒林外史　第一回

◎ 吴敬梓《儒林外史》书影
（卧闲草堂刻本）

考了二十余次，依旧是个童生。因主考官周进的同病相怜，大发恻隐之心，于是范进时来运转，中了举人。报帖送到门上，范进“看了一遍，又念一遍，自己把两手拍了一下，笑了一声道：‘噫！好了！我中了！’说着，往后一交跌倒，牙关紧咬，不省人事”。被人灌醒后，“他爬将起来，又拍着手，大笑道：‘噫！好！我中了！’笑着，不由分说，就往门外飞跑”（第三回）。这些反常而又合情合理的描写，刻画了一个个被科举制度摧残了的读书人，表达了作者对科举的厌恶之情。

◎ 吴敬梓《儒林外史》插图
（人民文学出版社 1958 年版）

为了加强批判科举罪恶的力度，吴敬梓又采用扩大时空的手法将历史批判的场景延伸到官场和乡村，把笔墨集中到刻画登科后走上仕途的官员或居乡为绅的举子身上。在吴敬梓的笔下，这些读书人因灵魂锈蚀，入仕则为贪官污吏，居乡则为鱼肉一方的劣绅。如王惠补授南昌知府后立即露出一副凶相。为了敛财，衙门里不但充斥着“戥子声、算盘声、板子声”，而且“衙役百姓，一个个被他打得魂飞魄散，合城的人，无一个不知道太爷的利害，睡梦里也是怕的”（第八回）。然而，就是这样的一个贪得无厌的酷吏却被上司考核为“江西第一个能员”（第八回），因此青云直上。又如高要县汤奉知县为了达到升迁的目的，竟采取残酷的手段将回民师傅枷死。又如乡绅严贡生横行乡里，不断地使出欺邻霸产的手段。再如张静斋为了谋夺和尚的田产，不仅装神弄鬼，更是唆使地痞流氓诬陷和尚通奸妇人。吴敬梓通过叙述这些令人发指的情节，用冷峻的眼光将其解剖得血淋淋的。

此外，在书写科举扭曲士人的灵魂时，吴敬梓又别开生面地描绘了以风流名士自居、科场失意的举子。在吴敬梓的笔下，那些屡试不中的举子之所以要当名士，是因为在这些灵魂深受腐蚀的儒生看来，科举只不过是走上仕途的敲门砖，敲开仕途的大门只不过是为了谋求个人的荣华富贵。悟透了这点，他们明白了一个道理，科场蹭蹬并不要紧，既然写几首歪诗刻几本文选可以当上名士，当名士后可以鄙视功名的面目游走于官场、儒林，那么，何不借用假清高的行为即无意于功名富贵的行为来博取个人的荣华富贵和声誉呢？如娄三、娄四公子

“因科名蹭蹬，不得早年中鼎甲，入翰林，激成了一肚子牢骚不平”（第八回），遂从京师返回故里，一心要“求贤访道”当名士。在这中间，二娄公子与杨执中、权勿用、牛布衣、陈和甫、张铁臂、蘧公孙等名士混在一起，演出了一场又一场的闹剧。如二娄公子大宴宾客，表现出一副谦虚恭谨的样子，换来的却是杨执中的儿子偷取权勿用的钱财，为此，杨执中与权勿用两人大骂出口（第十二回）。本来，科场失意没有什么可值得炫耀的，但由于博得名士的头衔后便可以过上醉生梦死的生活，因此遂有一个又一个的儒林败类乐此不疲。如江湖郎中赵雪斋见名士这一头衔有利可图，遂混迹于官府过起诗酒风流、招摇撞骗的生活。看在眼里，记在心里，景兰江羡慕道：“可知道赵爷虽不曾中进士，外边诗选上刻着他的诗几十处，行遍天下，那个不晓得有个赵雪斋先生？只怕比进士享名多着哩！”（第十七回）一语泄露天机，“比进士享名多着”一语的潜台词是，考中进士获取的利益不仅仅是功名，还包括钱财。如范进中举后，众乡绅纷纷送田产、房产、钱财。既然考中举人可以获得巨大的经济利益，更何况考中进士呢！既然当名士可以获取比进士更大的利益，那么，科场失意的举子何不自我打扮一下，以名士自居呢？在《儒林外史》中，吴敬梓尽情地描述了当名士可以交结官场、可以吃香的喝辣的、可以免除寒窗之苦的儒林丑态。

鲁迅先生指出：“迨吴敬梓《儒林外史》出，乃秉持公心，指擿时弊，机锋所向，尤在士林；其文又戚而能谐，婉而多讽：于是说部中始有足称讽刺之书。”[1]《儒林外史》最突出的艺术成就是讽刺。问题是，吴敬梓是如何运用讽刺这一艺术来展示人物的风貌的，并将人物内心深处的卑污显露出来的？

其一，运用对比的手法，通过人物言行前后的不一致或自相矛盾来揭示讽刺对象的内心世界。如周进因屡试不进，屡受欺凌，然而，当他考中举人、进士，在仕途上一帆风顺，当上御史，钦点广东学道时，情况立即发生转折。这时，曾奚落过周进的梅玖开始自称是周进的学生，乃至于周进在村塾中写下的对联，也被恭恭敬敬地揭下来裱好，甚至连他丢掉饭碗的薛家集也供奉起他的“长生禄位”。这种情节上的对比，可谓是用酣畅之笔淋漓尽致地书写了科举制度下丑陋，揭示了士人将个人价值的实现与功名利禄画等号的文化心理。对比是吴敬梓常用的讽刺笔法，在《儒林外史》中，最为精彩的对比场景当属“范进中举”。中举前，范进穷困潦倒，经常断顿；中举后仅两三个月的工夫，“范进家奴仆、丫环都有了，钱、米是不消说了”（第三回）。起初，范进的老丈人胡屠夫骂范进赶考是“癞蛤蟆想吃天鹅肉”，一再地讽刺挖苦范进，弄得范进抬不起头。范进中举后，胡屠夫开始吹捧范进是“天上的文曲星”，因“见女婿衣裳后襟滚皱了许多，一路低头替他扯了几

---

[1] 鲁迅《中国小说史略》，《鲁迅全集》第9卷，人民文学出版社1981年版，第220页。

十回”。这里表面上是在讽刺胡屠夫的前倨后恭，其实，是透过胡屠夫的行为在更为深广的背景下揭示功名利禄对灵魂的腐蚀，进而给科举制度下日趋败坏的世风献上一曲挽歌。

其二，善用夸张手法。如严监生临死时，“伸着两个指头，总不肯断气。几个侄儿和些家人都来讧乱着问，有说为两个人的，有说为两件事的，有说为两处田地的，纷纷不一；只管摇头不是。赵氏分开众人，走上前道：‘爷，只有我能知道你的心事。你是为那灯盏里点的是两茎灯草，不放心，恐费了油。我如今挑掉一茎就是了。’说罢，忙走去挑掉一茎。众人看严监生时，点一点头，把手垂下，登时就没了气。”（《儒林外史》第五回）又如周进撞号板，哭出鲜血；范进中举，喜极而疯。这些夸张未必发生在现实生活中，但夸张是源于现实的艺术真实，经过夸张后的情节虽然未必是曾经发生过的事情，但却在情理之中。

◎ 吴敬梓《儒林外史》插图（人民文学出版社 1958 年版）

其三，从小处着眼，用细节嘲讽不合理的人与事，将人生无价值的东西撕破给人看。如范进随张静斋到高要县汤知县那里打秋风，先是“退前缩后”不用银镶杯箸。当汤知县得知范进正在守孝的事情后，立即叫人换上瓷杯和象箸，不料，范进还是不肯举箸，直到汤知县换上一双白颜色的竹筷时，范进才拿起筷子。正当汤知县因范进居丧如此尽礼深受感动，为其“倘或不用荤酒，却是不曾备办”而担忧时，猛然间，看到范进“在燕窝碗里拣了一个大虾元子送在嘴里”（第四回）。从“退前缩后”三换杯箸到范进在燕窝碗里拣大虾元，通过这一系列的细节，戳穿了范进所谓居丧守礼的假面目。又如在揭匡超人无知的老底时，吴敬梓也用了同样的手法。匡超人对牛布衣和景兰江大吹特吹，说他选的文章“每一回出，书店要卖掉一万部，山东、山西、河南、陕西、北直的客人，都争着买，只愁买不到手；还有个拙稿是去年刻的，而今已翻刻过三幅板。不瞒二位先生说，此五省读书的人，家家隆重的是小弟，都在书案上，香火蜡烛，供着‘先儒匡子之神位’。”（第二十回）一块“先儒匡子之神位”的牌位，在讽刺中揭露了匡超人的厚颜无知。再如严监生在妻子王氏还没有断气的时候，就想把小妾扶正，但又怕病妻娘家的两个哥哥——府学廪生王德、县学廪生王仁从中作梗。迫不得已，严监生咬牙拿出二百两银子送给两位妻舅。收受银子后，两位妻舅不但完全赞成严监生的做法，甚至王仁还拍着桌子说：“我们念书的人，全在纲常上做工夫，就是做文章，代孔子说话，也不过是这个理；你若不依，我们就不上门了！”当严监生表示“恐怕寒族多话”

的担忧后，这两位妻舅嚷道："有我两人做主。但这事须要大做，妹夫，你再多出几两银子，明日只做我两人出的，备十几席，将三党亲都请到了，趁舍妹眼见，你两口子同拜天地祖宗，立为正室，谁人再敢放屁！"严监生又拿出五十两银子交给他们后，这"二位义形于色的去了"（第五回），根本不管自己的妹妹还没有断气的现实。

### （二）李宝嘉与《官场现形记》

从鸦片战争到庚子赔款，在民族危机、政治危机、社会危机不断加深的背景下，如何解救灾难日益深重的中国成为有识之士必须面对的问题。在西方人文思想的影响下，国人对小说的价值进行了新的诠释，开始以前所未有的姿态重视小说在文化启蒙中的作用。如阿英先生指出："对小说的重要性，获得进一步理解，始于天津《国闻报》。光绪二十三年（1897），该报创刊，严复与夏穗卿合作《本馆附印说部缘起》，长万余言，是阐明小说价值的第一篇文字。后来虽有《国闻报汇编》（1903）行世，此文未收，遂不传。以后才有梁启超的《译印政治小说序》（1898）、《论小说与群治之关系》（1902），后者载在《新小说》的创刊号，影响最大。"[1]与他人相比，梁启

[1] 阿英《晚清小说史》，人民文学出版社1980年版，第2页。

超的影响最大。1902年，梁启超发起“小说界革命”，试图通过小说来推动社会改良、探讨变革的方案，这一做法引起时人的充分注意。梁启超在《小说与群治之关系》中指出：“欲新一国之民，不可不先新一国之小说。故欲新道德，必新小说；欲新宗教，必新小说；欲新政治，必新小说；欲新风俗，必新小说；欲新学艺，必新小说；乃至欲新人心，欲新人格，必新小说。”[1]梁启超将小说视为文化启蒙的载体，很快得到晚清小说家的响应，乃至于20世纪初一批小说家以报刊为依托开始了小说连载的历程。

在重新认识和评估小说价值的过程中，从译介西方小说到有意识地投身于小说创作，一批呼吁社会改革的有识之士迎来了中国小说史上“最繁荣的时代”[2]。晚清小说走向繁荣有多方面的原因：

其一，报刊是快速传播商业信息、文化思想、关注民生的舆论阵地。在没有报刊之前，因消息闭塞，许多重大的事件因缺少必要的渠道往往会变得无声无息。有了报刊以后，情况发生了根本性的改变。伴随着报刊发行能力的增强，无论是商业信息还是社会风云的报道等都可以迅速地扩散到城市、农村及边远地区。

其二，西方印刷机及技术传入中国后，大大提高了印刷速

[1] 梁启超《小说与群治之关系》，《新小说》创刊号，光绪二十八年（1902）。
[2] 阿英《晚清小说史》，人民文学出版社1980年版，第1页。

度，速度的提高既改变了传统的刻印方式，同时也为中国人办自己的报刊提供了可能。中国人办报刊与西方传教士在中国传教时创办报纸有密切的关系。据不完全的统计，西方传教士当时在中国办的报刊有200种以上。由于传教士在中国办报刊为国人办报刊锻炼了一支印刷队伍，又由于人们认识到报刊在传播消息及信息上的快捷，凭借西方工业革命的成果，中国人开始出资办自己的报刊，结束了国人没有自己的报刊的历史。晚清是社会动荡、分化瓦解的时期，为探讨中国的前途和命运，不同的人需要有发表思想主张的阵地，由于报刊有思想传播上的优势，这样一来，中国自己的报刊业遂蓬蓬勃勃地发展起来。

其三，“五口通商”的格局形成后，在得风气之先的通商城市中，民族工业迅速地崛起。大量人口流入城市后，除了铸造一支产业队伍外，还给不同阶层人口基础的扩大带来了转机。当报刊业成为产业之后，较为丰厚的稿酬制度使自由撰稿人有可能成为新的阶层。由于自由撰稿人与改良维新思想有千丝万缕的联系，甚至有的人本身就是维新思想的鼓吹者，这样一来，报刊遂成为宣传思想文化的重要阵地。在这一过程中，启蒙思想的鼓吹者需要报刊来传达思想，然而，政治宣传缺少感染力，因此启蒙者提出了用小说进行思想启蒙的主张。与此同时，办报刊者为了追求商业利益需要不断地扩大发行量，在这中间，办报刊者发现，通过小说连载即吊读者胃口的形式可以维持或扩大报刊的发行量。这样，办报刊者与自由撰稿人之间的契合，遂迎来了小说空前繁荣的局面。据陈大康先生统计，从道光二十年（1840）到宣统三年（1911），出版发行的单行本小说在500种以上。从光绪十八年（1892）到宣统三年，报刊刊载的小说至少在800种以上[1]。这两个数字表明，晚清发行小说的主阵地不是以书局为代表的出版界，而是方兴未艾的报刊界。在这一背景下，在报刊上发表连载小说成为一时的风尚。在这中间，李宝嘉为推动小说连载于报刊做出了不可磨灭的贡献。仅以李宝嘉主编的《绣像小说》为例，杂志在发表李宝嘉的《文明小史》《活地狱》等的同时，还刊出了连梦青的《邻女语》，欧阳钜元的《负曝闲谈》，刘鹗的《老残游记》等一批有影响的小说。

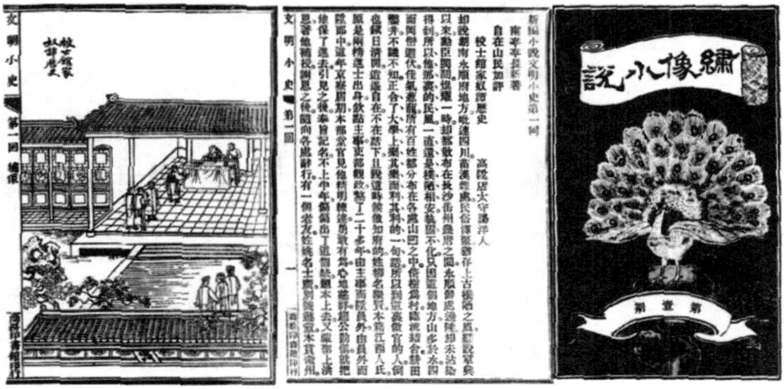


◎ 李宝嘉《文明小史》书影、绣像
（《绣像小说》第一期）

[1] 详细论述参见陈大康《中国近代小说编年》，华东师范大学出版社 2002 年版。

真正给人们带来视觉上冲击的晚清小说，应首推李宝嘉的《官场现形记》。《官场现形记》刊载在李宝嘉自创的《世界繁华报》上。或许是出于政治上的失望，小说将暴露清王朝的腐败无能视为社会批判的主旋律。在论述李宝嘉写作《官场现形记》及出版情况时，鲁迅先生指出："时正庚子，政令倒行，海内失望，多欲索祸患之由，责其罪人以自快，宝嘉亦应商人之托，撰《官场现形记》，拟为十编，编十二回，自光绪二十七至二十九年中成三编，后二年又成二编，三十二年三月以瘵卒，年四十（一八六七—一九〇六），书遂不完，亦无子，伶人孙菊仙为理其丧，酬《繁华报》之揄扬也。"[1]在此基础上，王学均先生依据《世界繁华报》残存的部分实物，通过考证得出了"《官场现形记》从1903年5月开始在《世界繁华报》连载，至1905年11月全书六十回连载完毕，并出版单行本，前后历时两年半，并非鲁迅所说的历时五年"[2]的结论。

按照李宝嘉的想法，《官场现形记》的前六十回主要是暴露坏官的劣迹，后六十回再写教人做好官的办法。遗憾的是，李宝嘉只写完六十回，只完成了暴露官场黑暗的部分，因此给这部小说带来了永久的缺失。从另一个层面看，这一缺失又是好事，李宝嘉忠实地描绘官场中的怪现象，直接开启了以吴趼

---

[1] 鲁迅《中国小说史略》，《鲁迅全集》第9卷，人民文学出版社1981年版，第282—283页。

[2] 王学均《〈官场现形记〉连载及刊行考》，《明清小说研究》2008年第3期。

人《二十年目睹之怪现状》为代表的小说创作先河，进而深化了后继者暴露官场、揭露社会丑恶的小说主题。

鲁迅先生论述《官场现形记》的结构时指出："故凡所叙述，皆迎合，钻营，朦混，罗掘，倾轧等故事，兼及士人之热心于作吏，及官吏闺中之隐情。头绪既繁，脚色复夥，其记事遂率与一人俱起，亦即与其人俱讫，若断若续，与《儒林外史》略同。"[1]那么，应如何认识《官场现形记》学《儒林外史》的结构，即通篇没有贯穿始终的人物，只有事件的连缀这一现象呢？阿英先生从更广阔的文化背景入手，指出晚清小说大都学《儒林外史》结构的说法不全面："这种形式，是晚清谴责小说最普遍采用的。但其原因，说是学《儒林外史》，完全是一种形式主义的论断。第一，还不能不把原因归到新闻事业上。那时固然还没有所谓适应于新闻纸连续发表的'新闻文学'，而事实上却已经开始有了这种要求。为着适应于时间间断的报纸杂志读者，不得不采用或产生这一种形式，这是由于社会生活发展的必然。第二，是为繁复的题材与复杂的生活内容所决定，不是过去的形式所能容纳下的。第三，才是《儒林外史》写作方法的断续发展。因为在描写多样的事件，与繁复的生活一点上，《儒林外史》和谴责小说，是有着共通性的。谴责小说所以然普遍的采用这种形式，不是单纯的受了《儒林

[1]　鲁迅《中国小说史略》，《鲁迅全集》第9卷，人民文学出版社1981年版，第283页。

外史》的影响。”[1]从表面上看,《官场现形记》因袭了《儒林外史》的结构。其实，李宝嘉选择这样的结构即不停地变换场景、变换人物及事件，旨在更好地担当揭露官场弊端的社会责任，提高《官场现形记》的审美情境。诚如欧阳健先生所说：

◎《官场现形记》插图
（清宣统元年崇德堂石印本）

“借助于时空的转移，由一点推移开去，形成为线；再由线推移开去，形成为面；而在这点、线、面的推移中，隐隐然呈现出一幅幅富于立体感、流动感的‘官场现形图’。具体地说，

[1] 阿英《晚清小说史》，人民文学出版社 1980 年版，第 5—6 页。

小说中这种时空推移，每每以地方为起点，而以北京为终点（同时又是新的起点）……从而将笔触涉及从地方到中央、胥吏到大臣，亦即从横的平面上遍及了全国的各个角落，从纵的轴线上遍及了官僚体系的各个等级。同时，又从表层写到深层，从公开写到隐秘，从合法写到非法，将整个官僚体制中形形色色的大官小官、胥吏差役的行为心态，一一予以揭露。"[1]《官场现形记》讽刺批判的对象既有身居要位的军机大臣，又有生活在官场底层的杂役胥吏，涉及范围的本身就表明了，李宝嘉采用这一叙述结构是为了从不同的角度在更大的范围内暴露官场的腐败，进而达到让官场"现形"的目的。

在叙事类作品中，情节是为展示人物性格服务的，人物活动及场景的变换又是为作品的中心思想服务的。为了充分暴露专制社会病入膏肓的形态，李宝嘉特意从不同的层面描绘了龌龊的官场，通过揭露官场规则的不合理性，提出革除官场弊端的正当性。在这中间，李宝嘉一是刻画了一批卖官鬻爵、贪财如命、道德败坏的大小官吏；二是塑造了一批在国人面前作威作福，在洋人面前卑躬屈膝的大小官僚。

晚清买官卖官风气盛行，既然官位可以买卖，有那么多的人钻营此道，那么，当官后自然会有更大的利益期待。在比较捐官补缺与做生意哪个更合算的过程中，田小辫子得出的结

[1] 欧阳健《晚清小说史》，浙江古籍出版社 1997 年版，第 82—83 页。

论是："任他缺分如何坏，做官的利息总比做生意的好。"（第三十一回）为什么"做官的利息总比做生意的好"呢？道理十分简单，当官后不但可以通过贪污受贿收回当初买官的本钱，而且还能大有赚头。换言之，当卖官鬻爵、贪赃枉法成为官场运行的法则时，乐此不疲地买官卖官便成了官场的潜规则。这也就难怪慈禧太后会发出"通天底下一十八省，哪里来的清官"（第十八回）的慨叹。慈禧太后居于深宫，一个身居紫禁城，与外界联系甚少的慈禧太后尚且能认识到官场腐朽已渗入统治肌体的各个部位，那么，从这些情节的叙述中，自然可以看到李宝嘉批判官场的真实目的与主张社会变革有密切的关系。

钱典史是一个不入流的小吏，因有一套盘剥百姓的办法，乃至于得到"这人做官倒着实有点才干，的的确确是位理财好手"（第二回）的赞许。为什么一个不入流的小吏会得到上司高度的评价呢？原来，"州、县虽是亲民之官，究竟体制要尊贵些，有些事情自己插不得身，下不得手，自己不便，不免就要仰仗师爷同着二爷。多一个经手，就多一个扣头，一层一层的剥削了去，到得本官就有限了；所以反不及他做典史的"。（第二回）从其赞许声中不难发现，官场上下勾结、沆瀣一气地欺压百姓，早已撕去了礼义廉耻的伪装。

与贪污腐败相生相伴的是道德沦丧。既然居上者可以利用职权卖官鬻爵，中饱私囊，那么，在下者必然会用尽各种手段溜须拍马，以求得到重用。为了讨好上司，冒得官不惜将亲生女儿送给上司。在这个权钱交易的官场，人性的堕落与异化到了触目惊心的地步，也难怪作者要发出这是一个“畜生的世界”（第六十回）的浩叹。

晚清社会官场最大的特点是媚洋，在洋人面前，那些一向作威作福的官员立即会换上一副奴性十足的面孔。如《官场现形记》第五十三回细腻地刻画了文制台对内与对外的两副面孔。当文制台接到淮安府的手折时，因嫌其字小，将手折摔到地上。当得知手折上的事与洋人相关时，大惊失色道：“这两

◎《官场现形记》插图
（清宣统元年崇德堂石印本）

桩都是个关系洋人的，你为什么不早说呢？快把节略拿来我看！”又如文制台吃饭时洋人突然来访，负责通报的巡捕感到十分为难。因为文制台早就吩咐过，吃饭时，无论什么样的客人或下属，一律不准通报。然而，巡捕又知洋人不能怠慢的道理，为此，只得拿了名帖，廊下盘旋，不敢进门通报——

正在为难的时候，文制台早已瞧见了，忙问一声：“什么事？”巡捕见问，立刻趋前一步，说了声“回大帅的话，有客来拜。”话言未了，只见拍的一声响，那巡捕脸上早被大帅打了一个耳刮子。接着听制台骂道：“混帐王八蛋！我当初怎么吩咐的！凡是我吃着饭，无论什么客来，不准上来回。你没有耳朵，没有听见！”说着，举起腿来又是一脚。

那巡捕挨了这顿打骂，索性泼出胆子来，说道：“因为这个客是要紧的，与别的客不同。”制台道：“他要紧，我不要紧！你说他与别的客不同，随你是谁，总不能盖过我！”巡捕道：“回大帅：来的不是别人，是洋人。”那制台一听“洋人”二字，不知为何，顿时气焰矮了大半截，怔在那里半天。后首想了一想，蓦地起来，拍挞一声响，举起手来又打了巡捕一个耳刮子；接着骂道：“混帐王八蛋！我当是谁！原来是洋人！洋人来了，为什么不早回，叫他在外头等了这半天？”巡捕道：“原本赶着上来回的，因见大帅吃饭，所以在廊下等了一回。”制台听了，举起腿来又是一脚，说道：“别的客不准回，洋人来，是有外国公事的，怎么好叫他在外头老等？糊涂混帐！还不快请进来！”

透过文制台大打出手的细节，可知鸦片战争以后，朝廷命官已堕落为洋人任意摆布的木偶。忧患余生哀叹道：“夫今日者，人心已死，公道久绝，廉耻之亡于中国官场者，不知几何岁月，而一举一动皆丧其羞恶之心，几视天下卑污苟贱之事，为分所应为。”[1]文制台见洋人的细节，实际上是晚清官场普遍情况，突出这一内容旨在担当作者对现实政治的失望之情，书写作者难以平息的愤懑。

李宝嘉的《官场现形记》首开晚清谴责之风，“特缘时势要求，得此为快，故《官场现形记》乃骤享大名；而袭用‘现形’名目，描写他事，如商界学界女界者亦接踵也。”[2]继《官场现形记》以后，短短数年间，在小说界掀起了“官场热”与“现形热”的写作高潮，先后出现了《后官场现形记》《新官场现形记》《特别官场现形记》《新党现形记》《学生现

[1] 忧患余生《官场现形记叙》，丁锡根《中国历代小说序跋集》，人民文学出版社1996年版，第1716页。

[2] 鲁迅《中国小说史略》，《鲁迅全集》第9卷，人民文学出版社1981年版，第284页。

形记》《医界现形记》《官商现形记》《女界现形记》《和尚现形记》等40多部小说[1]，同时掀起了中国古典小说创作的最后一个高潮。

### （三）吴趼人与晚清社会及小说创作

在晚清小说家中，吴趼人的小说创作质量也明显地高于同时代的作家。吴趼人一生创作小说三十余部，现存二十多种。一般认为，《二十年目睹之怪现状》是其代表作。这是一部带有自传性质的长篇小说，共计一百〇八回，起初连载于《新小说》杂志，后以单行本发行。全书以主人公“九死一生”二十年间耳闻目睹的二百个小故事，勾画出了一幅幅晚期社会的“怪现状”。所反映的社会生活面，较之《官场现形记》更为广阔，举凡官场、商场、科场、洋场，均有涉及。小说具有较高的认识价值，通过暴露晚清社会的腐败揭示了封建

◎ 吴趼人

[1] 详见张中《李伯元与官场现形记》“轰动一时的‘官场现形’热”部分，辽宁教育出版社1992年版。

制度行将灭亡的命运。

鲁迅先生指出："光绪庚子（1900）后，谴责小说之出特盛。盖嘉庆以来，虽屡平内乱（白莲教，太平天国，捻，回），亦屡挫于外敌（英，法，日本），细民暗昧，尚啜茗听平逆武功，有识者则已翻然思改革，凭敌忾之心，呼维新与爱国，而于'富强'尤致意焉。戊戌变法既不成，越二年即庚子岁而有义和团之变，群乃知政府不足与图治，顿有掊击之意矣。其在小说，则揭发伏藏，显其弊恶，而于时政，严加纠弹，或更扩充，并及风俗。虽命意在于匡世，似与讽刺小说同伦，而辞气浮露，笔无藏锋，甚且过甚其辞，以合时人嗜好，则其度量技术之相去亦远矣，故别谓之谴责小说。其作者，则南亭亭长与我佛山人名最著。"[1]1866年吴趼人诞生之际，正是洋务派打出"中学为体，西学为用"的旗帜之时，其声势浩大的洋务运动第一次大规模地给中国社会带来了资本主义大生产的因素。尽管洋务运动的倡导者们是为挽救封建王朝的危机而兴办新式工业的，但是，他们没有想到因此却培养了一批具有近代意识的文化人才。特别是郑观应、冯桂芬、薛福成等人对西方政体的介绍，给忧患中的中国知识分子带来了海洋意识。民族的危机感使他们逐步摈弃了闭关自守的落后保守心理，开始向世界求索富国强兵的道路。自鸦片战争以来，要求

[1]　鲁迅《中国小说史略》，《鲁迅全集》第9卷，人民文学出版社1981年版，第282页。

改革中国积弱的现状就成了中国近代知识分子关心的重大社会课题，采用什么样的方案医治病入膏肓的中国社会，则困扰着中国近代知识分子的心灵。

在其苦难心灵的跋涉中，光绪九年（1883），年仅18岁的吴趼人（我佛山人）来到了上海。据吴趼人回忆，到上海谋生是因“衣食所累”[1]，然而，更重要的是，年青的吴趼人另有图谋，否则，他用不着从遥远的广东佛山孤身一人跑到上海谋生。更何况，出生官宦家庭的吴趼人虽然家道中落，但绝不至于无法糊口度日。如带有自传性质的《二十年目睹之怪现状·自序》，记载了吴趼人经历了丧父后的巨变，但也透露了吴趼人一家还没有沦落到贫困线以下的信息。再者，如果仅仅是为了谋生，吴趼人完全可以在佛山或香港就近找一差事，因为自清政府租让香港后，香港成了经商的理想场所，如吴趼人《发财秘诀》描述区丙由卖玻璃料泡玩具而陡发巨财的事件，完全可以视为到香港经商可以发财的真实情况。倘若一定要远行的话，则可以去北京，因为那儿不但是他的出生地，而且其外祖父一家为直隶宣化人，就是说，到北京谋生，对于吴趼人来说应远胜于上海。很显然，到上海的目的不单单是为了谋生。

吴趼人在《近十年之怪现状·自叙》一文中追忆往事时

[1] 吴趼人《吴趼人哭》，《吴趼人全集》第8卷，北方文艺出版社1998年版，第232页。

说："吾人幼而读书，长而入世，而所读之书，终不能达于用。"[1]"幼而读书"的内容是"四书五经"，"长而入世"应指只身一人到上海"谋生"，"所读之书，终不能达于用"，既是对昔日所学沉痛的检讨，也显露出到上海的目的是为了求取于社会有用之学。因为"恶宋儒之学，于朱氏熹尤多所垢病。"（李葭荣《我佛山人传》）所以，他是带着充实自己的目的来到上海的。

如果说到上海谋生纯属偶然的话，那么，吴趼人到江南制造局，并在此待了长达十年之久，本身就说明了吴趼人到上海入江南制造局另有所图。否则，天地之大，他用不着为"月得直八金"微薄的经济收入而安心于江南制造局。因此，入江南制造局的唯一合理解释，只能是吴趼人企图寻找一条"达于用"的道路。"自运机心，构二尺许轮船，驶行数里外，能自往复……斗室之中，位置彝鼎图书，井井有序"（李葭荣《我佛山人传》）。吴趼人选择上海而不选择其他，这与鸦片战争以来上海成为中国第一大经济都市有关。随着西方资本主义的入侵，上海不但成了中国近代工业的重要基地，而且成了各种思想最活跃的场所。纵观天下形势，在当时的中国，洋务运动无疑是最激动人心的运动，在一定的程度上，它给死气沉沉的中国带来了一些希望。对于初入世的吴趼人来说，入江南制造

[1] 吴趼人《近十年之怪现状·自叙》（又名《最近社会龌龊史》），《吴趼人全集》第3卷，北方文艺出版社1998年版，第299页。

局，无疑是他“所读之书，终不能达于用”遗憾心理的补偿。因此，不能简单地认为吴趼人到上海的目的是谋生，而应该把它视为吴趼人选择未来生活道路的第一步。其中，这一步的迈开也说明了“中学为体，西学为用”为吴趼人后来提出关心中国前途和命运的方案打下了坚实的思想基础。

吴趼人写道：“回忆少年时虚负岁月，未尝学问，如处尘雾之中。”这是在自我反省。“子弟入塾读书，父兄每诏之曰：‘好用功，他日中举，点翰林也’。为之师者亦然。曾不闻有勉子弟以读书明理，学业致用者”（吴趼人《吴趼人哭》）。这是吴趼人以切身的体会警告世人，提出死读书、读死书于社会无益的观点。因为这样的原因，他对科举制度极为反感。关于这点，从《二十年目睹之怪现状》中九死一生（以作者为原型塑造的形象）对科举的态度即可看出。

明清两代的科举制把宋代的理学奉为经典，极端推崇朱熹。与此同时，一些先进的思想家们也纷纷指出理学害人杀人的血腥事实。在这样大背景下，接受了洋务思想的吴趼人也很自然地对理学展开了批判，他指出：讲“宋儒理学”者“自命为名士”，然“此外不知更有何物”（吴趼人《吴趼人哭》）。由于理学禁锢人的思想不但于社会无益，反而有害，因此在他的历史小说《痛史》第十五回中，借书中人物之口沉痛地写道：“秦桧卖国人人知道，朱熹倡导理学以言论误国，虽比卖国还毒，却无人知道。”石破天惊之语，足见其对宋代理学的认识不亚于同时代的思想家。

必须指出的是，吴趼人虽集中火力批判宋代的程朱理学，但他却竭力推崇孔子创立的儒家学说，只是认为宋儒建立的新儒学——理学歪曲了孔学，把经世致用的儒学引向了邪途。他指出朱熹提倡的“正心、诚意、天理、人欲”是不切实际的空谈，他通过打比方辛辣地讽刺道：“人家饿得要死了，问他讨一碗饭来吃，他却只说吃饭不是这般容易的，你要先耕起来，耨起来，播起种子来，等它成了秧，又要分秧起来，成熟了收割起来，晒干了，还要打去糠秕，方才成米。夫然后劈柴生火，下锅做饭，才能够吃呢。你想这饿到要死的人，听了这话，能依他不能吗？我也知道这是从根本做起的话，然而也要先拿出饭来，等这个将近饿死的人先吃饱了，然后再教他。并且告诉他，若照此办法，就永远不会再饿了。那时人家才乐从呀！没有一点建树，没有一点功业，一味徒托空言，并且还要故陈高义，叫人家听了去，却做不来。他就骂人家是小人，以显得他是君子。偏又享了盛名，收了无限的门生，播扬他的毒焰，提倡得通国之人都变成老学究，就如得了痨病一般，致有今日。”（吴趼人《痛史》第十五回）其批判愤激之情是显而易见的。

从吴趼人思想发展的脉络来看，他反对宋代理学的实质在于：生于专制社会末世的他主张积极地入世进取。因为这样的原因，他不但反对空谈误国的宋代理学，也反对一切消极遁世的学说。他说："佛、老二氏以邪说愚民，本不久即可灭绝。宋儒乃举孔子以敌之，使其教愈炽，居然并孔子而称为'三教'。"（吴趼人《吴趼人哭》）其言语之中不乏激越之辞，但亦可见吴趼人对中国前途和命运的关心。这样，我们对吴趼人只身一人到上海，入江南制造局长达十年之久一事便可理解了。因为在吴趼人看来，西方的科学技术是实学，倘若正确将其置于孔学之下，中国重新强盛起来是有希望的。可见，吴趼人以所接受的"中学为体，西学为用"的洋务思想对宋代理学的批判，是为了拂去掩盖在孔子儒学上的尘埃。

吴趼人离开江南制造局，可能是在光绪二十一年（1895）的春天。吴趼人在《研廛笔记·地毛黑米》中写道："光绪甲午（1894），上海地生毛。时余寓西门外……制造局画图房旁，一丛最盛，拔之，长可四五寸许。"[1]据此可知，1894年吴趼人还没有离开江南制造局。玩味语意，"地毛黑米"应指是年的秋天。当时，中日甲午战争正进入到关键时刻，吴趼人似乎对中方的失败已有所预感。大概是出于对清政府于1895年4月17日签订丧权辱国的《马关条约》的愤慨，对洋务运动的绝望，吴趼人告别了工作长过十年之久的江南制造局。需要指出的是，离开江南制造局不能简单地视为吴趼人与洋务运动的告别，而是其继续探索中国前途和命运的思想转变标志。

[1] 吴趼人《研廛笔记·地毛黑米》，《吴趼人全集》第7卷，北方文艺出版社1998年版，第223页。

早在19世纪60年代，一批有见识的知识分子如郑观应、冯杜芬、薛福成等在从事洋务运动的同时，提出了维新思想。中法战争后，康有为光大其思想精髓，写下了重要理论著作《新学伪经考》《孔子改制考》等，使维新变法思想深入人心。特别是中日甲午战争以后，民族危机进一步加重，中国面临着被瓜分的危险，在这一背景下，康有为不失时机地联合十八省入京会试举人一千三百余人上书要求变法，并迅速组织强学会，在北京、上海创办了《中外纪闻》《强学报》《时务报》等大力宣传维新变法，从而使朝野内外掀起要求维新变法的浪潮。在这种情况下，吴趼人的思想发生转变则是必然的。

离开江南制造局以后，吴趼人于“光绪丁酉（1897），襄沪报笔政”[1]，进入办小报的生涯。其间，吴趼人“尝历主海上各日报笔政，慨然以启发民智为己任”（周桂笙《新庵谐译初编·序》）。他自称为“中国一分子”（吴趼人《吴趼人哭》），密切地关注着中国时局的变化和发展。在思想上，吴趼人将维新派引为同调，如早期的维新思想家曾在对顽固守旧派批判的同时，对洋务派只知因袭西学的皮毛表示不满。吴趼人亦云：“攻西学之子弟，徒知学其语言文字，便庞然自大，绝不解考求专门之学；且习气之深，无出其右。吴趼人哭。”（吴趼人《吴趼人哭》）在思想上与维新改革派趋于一致，还

[1]　吴趼人《札记小说·说虎》，《吴趼人全集》第7卷，北方文艺出版社1998年版，第132页。

表现在吴趼人接受达尔文进化论思想方面。如他认为学术是改造中国社会的利器，因此，“闭户谢客，行将著书……以开化为宗旨”（吴趼人《吴趼人哭》）。为深入地思考中国前途和命运，他发出了“尝默念中国无开化无进步不能维新之故，大约总因读书人太少”（吴趼人《吴趼人哭》）的感慨。他希望能出国游历进行考察，然囊中羞涩，因此为“坐看他人开眼界添阅历”（吴趼人《吴趼人哭》）而感到悲哀。

吴趼人关心中国政治风云的变幻，同时也在选择自己的生活道路。光绪二十八年（1902）二月，他重新省视自离开江南

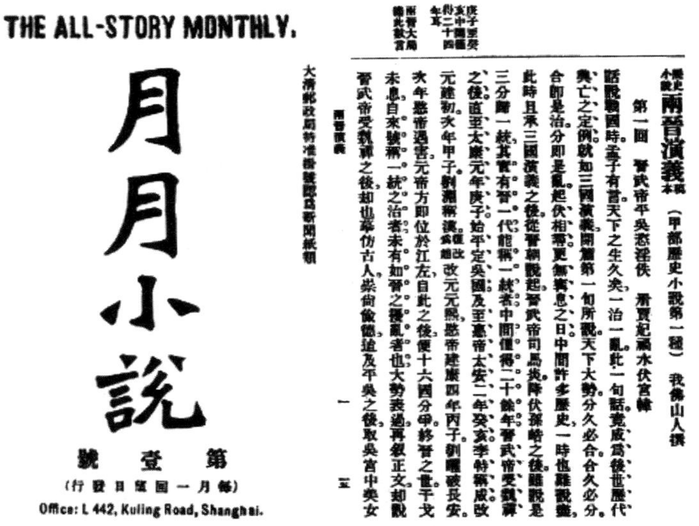
THE ALL-STORY MONTHLY.

月月小說

第壹號

（每月一回望日發行）

Office: L 442, Kuling Road, Shanghai.

大清郵政局特准掛號認為新聞紙類

歷史小說兩晉演義原本 （甲部歷史小說第一種） 我佛山人撰

第一回 晉武帝平吳恣淫佚 賈妃禍水伏宮幃

話說戰國時，孟子有言天下之生久矣，一治一亂。此一句話，竟成為後世歷代興亡之定例。就如三國演義開篇第一句所說，天下大勢，分久必合，合久必分。合即是治，分即是亂。起伏相尋，更無寧息之日，中間許多歷史，一時也難說盡。此時且承三國演義之後，從晉朝說起。晉武帝司馬炎降伏孫皓之後，雖說是三分歸一統，其實有晉一代，能稱一統者，中間僅得二十餘年。晉武帝受魏禪之後，直至太康元年庚子，始平定吳國；及至惠帝太安二年癸亥，李特稱成，改元建初。次年甲子，劉淵稱漢，後改稱趙改元元熙，愍帝建興四年丙子，劉曜破長安。次年愍帝遇害，元帝方即位於江左，自此之後，便十六國分爭，終晉之世，干戈未息。自來號稱一統之治者，未有如晉之擾亂者也。大勢表過，再敘正文。却說晉武帝受魏禪之後，却也摹仿古人，崇尚儉德，迨及平吳之後，取吳宮中美女

庚子至癸亥中國僅得二十四年耳

兩晉大局總此數言

兩晉演義 一

◎ 我佛山人撰《两晋演义》书影
（《月月小说》第一号）

制造局和走上办小报的经历，感到办小报（以吟风弄月逗人一乐的趣味性报纸）无聊，有悖于初衷。他这样忏悔道："初襄《消闲报》，继办《采风报》，又办《奇新报》，光绪二十七年（1901）九月又办《寓言报》。至光绪二十八年（1902）二月辞寓言主人而归，闭门谢客，瞑然僵卧。回思五六年中，主持各小报笔政，实为我进步之大阻力；五六年光阴遂虚掷于此。吴研人哭。（悔之晚矣，焉能不哭。）"（吴趼人《吴趼人哭》）这是痛苦的回忆。很显然，吴趼人急于否定自我，希望得到"进步"。这一"进步"自然是指直接参与到社会改良的行列之中。事实上，吴趼人早已身体力行。如1901年的3月，上海爱国人士集会张园反对清政府与俄国签订丧权辱国的密约时，吴趼人发表了题为《吴君沃尧演说》，他慷慨陈词道："诸君亦知俄约若成，我等子孙之苦有甚于饥寒冻馁者乎？吾盖恐此约一成，则各国均持利益均沾之说以挟我，则波兰、印度、土耳其之覆辙即在日前矣……我等同志或竟联一拒俄会以拒之。非谓有兵力足以拒之也，非谓有势力足以拒之也，合大众热力以为拒力，庶几收众志成城之效，共勉卧薪尝胆之心，纵使不足以拒强俄，亦使他国闻之知我中国民心尚在耳。"[1]这种焦虑不安激荡在一个近代知识分子充满了忧患的心灵。

1902年以后的吴趼人，以新的姿态投入社会改良之中。

[1] 吴趼人《吴君沃尧演说》，《中外日报》1901年3月26日；《吴趼人全集》第8卷，北方文艺出版社1998年版，第237—238页。

同年春天，吴趼人赴湖北编《汉口日报》(紫英译《新庵谐译》)，从此告别编小报的生涯。1903年以后，吴趼人的小说《痛史》《二十年目睹之怪现状》等陆续在《新小说》上连载。从此，吴趼人的小说创作一发而不可收。必须指出的是，吴趼人从事小说创作不是为了逃避现实，而是为了更积极地投入到火热的现实斗争中去。造成这一现象的原因，与1902年梁启超鼓吹"小说界革命"，提倡用小说维新改良，用小说开民智、新民德，进行思想启蒙有关，与把小说视为刷新政治的利器有关。因此他说："吾感乎饮冰子(梁启超)《小说与群治之关系》之说出，提倡改良小说。"又说："吾人于此道德沦亡之时会，亦思所以挽此浇风耶，则当自小说始。"[1]因为这样的原因，他的小说始终针对中国的现实。

在暴露和批判晚清社会方面，与同时代的小说家相比，吴趼人的小说无疑是全面而深刻的。如他的《二十年目睹之怪现状》《近十年之怪现状》在暴露晚清社会的丑恶方面，不但为他赢得了巨大的声誉，而且也代表着同时代人在这方面批判的最高水平。又如他的《发财秘诀》则可谓是中国近代描绘买办阶层龌龊史的第一部力作。再如他的小说在批判封建社会末世的罪恶，揭露西方列强对中国政治讹诈、经济侵略的同时，亦不忘对中国的未来进行设计(详后)。即使是历史小说，他也

[1] 吴趼人《月月小说·序》，《月月小说》第一号，光绪三十二年九月。

借古鉴今，借写历史为现实服务。总之，接受资产阶级维新派的主张的吴趼人以小说为武器，实践着他要求维新改良的政治主张。

吴趼人在竭力鼓吹资产阶级维新改良的政治主张的同时，也将一只手打向了资产阶级革命派。在《上海游骖录》这部小说中，他反对资产阶级革命派的观点是显而易见的。这里，有必要为吴趼人辩解几句，从吴趼人的出发点看，他始终是抱着入世进取精神的。但由于他同那个社会那个阶级的千丝万缕的联系，所以他的入世进取只能是有限度的，其目的只能是"补天"而不是革命。因此，在思想上他只能接受洋务思想，进而接受康有为、梁启超等维新改良的思想，但绝不愿接受资产阶级革命派的思想。所以，他主张对社会进行有限度的改良，反对进行资产阶级的暴力革命也就理所当然的了。再加上一场大的革命来临总是鱼龙混杂，其中不乏有过激的举动，囿于传统，他看到的肯定不是资产阶级暴力革命的主流，而是抓住偏激的举动不放。这样一来，他把自己推向与资产阶级革命派对立的位置就很自然了。这是悲剧呢？还是喜剧呢？尽管一个努力探索中国前途和命运的知识分子，一个想走在时代前列的人在新形式下落伍了，被淘汰了，但从其行为中，依旧可以看到一个不甘寂寞的心灵对苦难中国的关心。

如果说自离开江南制造局到1905年间的吴趼人是维新改良派的鼓吹者的话，那么从1906年下半年起，他的思想显然又发生了变化。

迫于形势，清政府于1905年9月宣布准备实行“新政”，并派出载泽、端方、徐世昌等五大臣赴日本及欧美各国考察，并于次年9月1日正式颁布“预备仿行立宪”的上谕。消息传来，资产阶级维新改良派欢喜若狂，闻风而动。1906年12月，张謇、汤寿潜等在上海组织了“预备立宪公会”；1907年，康有为将保皇党改组为“中华帝国宪政会”，梁启超等亦在日本东京建立“政闻社”。一句话，资产阶级改良派对此充满了幻想，甚至认为他们为之奋斗了好多年的维新改良就在眼前。

◎《民报》书影

面对这复杂的政治形势，资产阶级革命派坚决揭露清廷玩弄的骗人把戏，他们以《民报》等为阵地，与维新改良派就民主立宪还是君主立宪等问题展开了激烈的辩论，无情地揭露了“预备立宪”的伪善性和欺骗性。事实也证明了资产阶级革命派主张的正确性。如当梁启超在《政闻社宣言书》中向清廷保证“政闻社所执之方法，当以秩序之行动，为正当之要求，其对于皇室绝无干犯尊严之心，其对于国家绝无紊乱治安之举”[1]时，他没有想到1908年以后当他们邀请各省立宪代表去北京向清廷请愿立宪时，清廷借口政闻社内有梁启超等“悖逆要犯”，下令查禁，当即给立宪派沉重一击。

对清廷预备立宪的骗人把戏，吴趼人似乎看得十分清楚，从1906年下半年到1908年上半年之间，他一改过去习惯于写中长篇小说的做法，在《月月小说》上连续发表系列性的短篇小说，揭露和批判清廷预备立宪改革的欺骗性。如吴趼人在写《庆祝立宪》之后，他意味深长地写道：“自七月十三日奉预备立宪之旨以来，各埠庆祝之举，函电相告，要皆立宪问题，而非预备立宪问题，下走窃有疑焉。适《月月小说》出版，爰托为小说家言，而一罄之。未竟之意，当俟下册。干犯诸君，死罪死罪！著者附识！”[2]应该说，这是很有见地的，它给维新改良派迎面泼了一盆凉水。“未竟之意，当俟下册”，时隔一月，他又发表了《预备立宪》这一短篇，在这篇小说中，他别开生面地写一大烟鬼去访深得立宪之法的志士，为防“下午之烟瘾，不能不预备”。故先饱吸一顿鸦片后，又身藏一包“鸦片原料制成之药品”前往讨教预备立宪之法。更绝的是，那个“数月以来，以预备立宪之故，筋疲力尽”的志士亦是大烟鬼，他躺在烟榻上吸足了鸦片后对预备立宪的看法竟是买彩

[1]　中国史学会编《辛亥革命》第4册（中国近代史资料丛刊），上海人民出版社1957年版，第115页。

[2]　吴趼人《月月小说·序》，《月月小说》第一号，光绪三十二年九月。

票，“心中作中头彩之希望”，以便“购置用产，经营事业”，当选议员。所以，吴趼人在小说写完后愤然记下：“预备立宪，预备立宪，而国人之见解乃如此，乃如此！若此者，虽未必能代表吾国人之全体，然而已可见一斑矣……此虽诙诡之设词。吾言之欲哭矣，著者识。”[1]又隔一月，他发表了《大改革》，写一抽大烟、赌钱、逛妓院的废物在朋友的劝告下进行改革。即在抽大烟时掺入人参滋补品，让赌馆换上钱庄的招牌，称妓女为老婆。由此吴趼人深刻地揭露了立宪改革是换汤不换药的虚伪本质。他在小说的批语中沉痛地写道：“怅怀时局，无限伤心。恢诡之文耶？忧时之作也。吾展读一过，欲别贶以嘉名，曰《立宪镜》。”[2]原来，他是要惊起世人，不要对预备立宪头脑发热，《大改革》就是一面镜子。

值得注意的是，《庆祝立宪》《预备立宪》和《大改革》三篇都发表于1906年，这一时间，正是维新改革派对立宪改革寄予厚望的时候，也是资产阶级革命派奋力抨击预备立宪欺骗性的时候。吴趼人以小说为武器，积极干预现实，应该说，他对预备立宪的本质看得远比维新改良派清楚，他完全去掉了幻想，也可以说从这一时刻起，吴趼人的思想发生了重要的变化，他开始同维新改良派分道扬镳了。在批判预备立宪方面，

[1] 《月月小说》第二号，光绪三十二年十月版；又见《吴趼人全集》第7卷，北方文艺出版社1998年版，第11页。
[2] 《月月小说》第三号，光绪三十二年十一月。

吴趼人是有力的，从某种意义上来讲，其批判的猛烈程度并不比资产阶级革命派差，而且他的批判是诉诸形象，更有独到之处。继1906年以后，吴趼人又一连创作了《立宪万岁》《平步青云》《光绪万年》等短篇小说，继续揭露和讽刺预备立宪的欺骗性。遗憾的是，当他与维新改良派分道扬镳时，没能向前迈出一大步，而是站到了资产阶级革命派的对立面。

对维新改良派的失望，使吴趼人在思想上陷入了苦恼。所以他在攻击资产阶级革命派的小说《上海游骖录》中写道："我近来抱了一个厌世主义，也不暇辨其谁是谁非。"[1]这实在是太痛苦了，吴趼人不能自拔。然而，吴趼人毕竟是吴趼人，思想上的苦恼只是说明"他嘴里说的是厌世话，一举一动行的是厌世派，须知他那一副热泪，没有地方去洒，都阁落落阁落落流到自家肚子里去呢。"[2]原来，吴趼人所说的"一副热泪"是指他对维新改良派的失望，是他倡导的"恢复我固有之道德"理想的幻灭，即"早见于三代而大昌于孟子"的"民权主义"的幻灭，即他在《新石头记》中倡导的文明专制国的幻灭。然而，这"流到自家肚子里"的热泪又不能不流，在与维新改良派发生严重分歧以后，他依旧以关心祖国命运的姿态继续驰骋文坛。如他的《邬烈士殉路》高度赞扬了为维

[1]　吴趼人《上海游骖录》第一回，《吴趼人全集》第3卷，北方文艺出版社1998年版，第437页。

[2]　吴趼人《上海游骖录》第一回，《吴趼人全集》第3卷，北方文艺出版社1998年版，第437页。

护国家路权、反对清廷媚洋而殉路的邬钢。甚至在他临死的前一年还恋恋不忘他的理想乌托邦，将《新石头记》称为“兼理想、科学、社会、政治而有之”[1]的小说。这里有必要指出一下，吴趼人与维新改良派的严重分歧虽然是在1906年，是在发表系列批判预备立宪小说之时，但是，这种不赞成立宪改革的思想早在1905年就已完成。进而言之，在1902年发表的《吴趼人哭》中已露端倪。在1905年9月发表的《新石头记》中，作者以“闲挑灯主宾谈政体”（第二十六回）为回目，借书中人物意味深长地谈论了专制、立宪和共和三种政体形式，极有意味的是，这三种政体形式正是20世纪人们争论中国未来政体形式的焦点。在这里，吴趼人毫不犹豫地赞赏了专制政体。在如何建立专制政体的问题上，吴趼人借书中人物之口一厢情愿地提出来重教育，教育之中又偏重德育的方案，认为只有教育普及，才能科学进步，而科学进步又必须以恢复孔孟传统道德为基础。这样看来，吴趼人提出的专制政体似乎毫无意义，在一定程度上维护着现有的统治秩序，甚至使他后来批判预备立宪的思想光辉大大打折扣，但应该看到，吴趼人倡导建立的政体实际上已具有资产阶级的民主意识，如他倡导的“民权主义”就是明证。还应注意到，它并不排除对西方先进的科学技术的吸收。

---

[1] 吴趼人《近十年之怪现状·自叙》（又名《最近社会龌龊史》），《吴趼人全集》第3卷，北方文艺出版社1998年版，第299—300页。

由于吴趼人的思想极为复杂，如果我们不能将其生平经历及思想变化过程放到当时的时代背景下进行全面考察，很可能得出吴趼人思想反动落后的结论。其实，当末世丧钟已经敲响的时候，一个饱经忧患的知识分子密切地关注着苦难中国的现实，以他赤诚的胸怀热爱着自己的祖国，希望医治她病入膏肓的肌体，难道不值得肯定吗？尽管囿于个人的见识，他的许多见解被证明是错误的，但是他所走过的路，恰恰说明了一个伟大的心灵在艰难跋涉中彷徨，似曾给人希望的火花，又是多么地令人惋惜。

## （四）刘鹗与《老残游记》

晚清，刘鹗（1857—1909）《老残游记》的影响力远在同时代作品以上。其根本原因在于，《老残游记》成功地运用了寓言这一艺术形式，表达了作者对时局动荡的认识，即借助于寓言来寄托心迹，通过寓言的意象来抒写忧患意识。所以，这部带有强烈政治色彩的"游记"，实为一部寓言体的政治小说。

◎ 刘鹗

从结构视点来看，《老残游记》吸收了游记散文叙景状物、移步换形的长处，以老残游历为《老残游记》的外部结构。但细心的读者都能发现，《老残游记》的结构方式既不同于西方小说，也不同于中国通俗小说的传统。夏志清先生指出："这本小说结构松散，对故事的布局显然不太关心……然

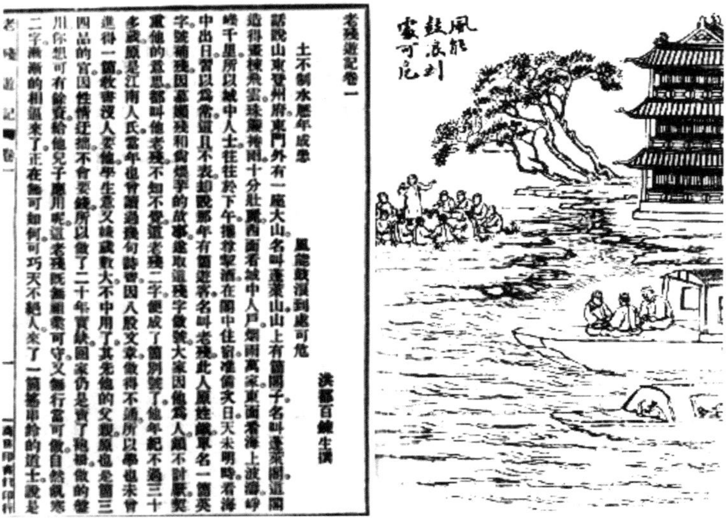

老殘遊記卷一

土不制水歷年成患　風能鼓浪到處可危　洪都百鍊生撰

話說山東登州府東門外有一座大山名叫蓬萊山山上有個閣子名叫蓬萊閣這閣造得畫棟飛雲珠簾捲雨十分壯麗西面看城中人戶煙雨萬家東面看海上波濤崢嶸千里所以城中人士往往於下午攜尊挈酒在閣中住宿準備次日天未明時看海中出日習以爲常這且不表卻說那年有個遊客名叫老殘此人原姓鐵單名一個英字號補殘因慕懶殘和尚煨芋的故事遂取這殘字做號大家因他爲人頗不討厭契重他的意思都叫他老殘不知不覺這老殘二字便成了個別號了他年紀不過三十多歲原是江南人氏當年也曾讀過幾句詩書因八股文章做得不通所以學也未曾進得一個教書沒人要他學生意又嫌歲數大不中用了其先他的父親原也是個三四品的官因性情迂拙不會要錢所以做了二十年實缺回家仍是賣了袍褂做的盤川你想可有餘資給他兒子應用呢這老殘既無祖業可守又無行當可做自然飢寒二字漸漸的相逼來了正在無可如何可巧天不絕人來了一個搖串鈴的道士說是

老殘遊記　卷一　一



◎ 刘鹗《老残游记》书影、绣像
（《绣像小说》第九期）

而，刘鹗对叙述、对话、描写的经营，表现出他是个卓然有成的艺人，而非初出茅庐，心不自知其力的小说作者。因此，此小说之所以缺乏后者那类完整性，与其说由于拙劣和粗疏，毋

宁说作者故意如此。”[1]这一发现是很有见地的，可惜他没能进一步探究《老残游记》的内核。其实，《老残游记》是由寓言故事组成的，这些寓言故事承担了刘鹗的思想倾向、政治见解以及创作心态等，它们之间的互动性维护了小说的完整性。

刘鹗在《老残游记·二集·自序》中写道：“人生如梦耳。人生果如梦乎？抑或蒙叟之寓言乎？吾不能知。”在这里，刘鹗明确地指出《老残游记》是写“人生如梦”的故事，追究其深层意蕴，作者是在借“人生如梦”的感慨来浇胸中的块垒，是借助于这一载体来表达复杂的情感。正因为这样，作者才不愿停留在“人生如梦”的表层上，提出了“人生如梦”是不是寓言的疑问。为此，刘鹗提出去问昭明，得到的回答是“然则人生如梦，故蒙叟之寓言也夫”[2]。昭明的回答是，“二集”所写就是寓言。尽管如此，刘鹗依旧迟疑不决，于是又去问杳冥，杳冥的回答与昭明一致。经过一番辨析后，刘鹗写道：“夫梦之情境，虽已为幻为虚，不可复得，而叙述梦中情境之我，固俨然其犹在也……夫此如梦五十年间可惊、可喜、可歌、可泣之事，即不能忘，而此五十年间之梦，亦未尝不有可惊、可喜、可歌、可泣之事，亦同此而不忘也。同此

[1] 夏志清《〈老残游记〉新论》，刘德隆、朱禧、刘德平《刘鹗及老残游记资料》，四川人民出版社 1985 年版，第 476—477 页。
[2] 刘鹗《老残游记·二集·自序》，刘德隆、朱禧、刘德平《刘鹗及老残游记资料》，四川人民出版社 1985 年版，第 80 页。

而不忘，世间于是乎有《老残游记》二编。”[1]可见“二集”写逸云的故事（第一至六回）和老残梦游地府（第七至九回）的故事都是寓言，都别有寄托。《庄子·杂篇·寓言》云：“寓言十九，籍外论之。”《庄子·杂篇·天下》云：“以卮言为曼衍，以重言为真，以寓言为广。独与天地精神往来而不敖倪于万物，不谴是非，以与世俗处。”庄子关注寓言，主要是借助寓言来阐释和宣传自己的主张。在刘鹗看来，因寓言最能表露自己的心迹，所以才对寓言表现出极大的偏爱，并在《老残游记》中一再引用《庄子》寓言及典故。如刘鹗在《老残游记》初集自序中有“《庄子》为蒙叟之哭泣”一语，又有第九回等多次用《庄子》典故的情节出现。进而言之，刘鹗一再地强调寓言的意象，旨在表达复杂的创作意图，是因为担心读者不能理解他的创作苦心。美籍学者夏志清先生在评价刘鹗及《老残游记》时指出：“刘鹗握管而书，所享获得成功，似乎大于他当代杰出而多产的李宝嘉和吴沃尧；他脱掉传统的小说家那件说故事的外衣，又把沿习下来的说故事的所有元素，下隶于个人的识见之内，而为其所用……作者在与当代的讽刺小说和谴责小说的作者迥不相侔，它探究国家的现在与未来，所以，它

[1] 刘鹗《老残游记·二集·自序》，刘德隆、朱禧、刘德平《刘鹗及老残游记资料》，四川人民出版社 1985 年版，第 81 页。

可被称为中国的第一本政治小说。”[1]遗憾的是，夏志清只注意到探究“国家的现在与未来”的内容，而没能进一步揭开《老残游记》探究这一问题的载体形式，即如何运用寓言，通过寓言来表达他所要表达的内容。

以上我们论述了《老残游记》二集叙述的故事实为《庄子》寓言的外化。其实，《老残游记》初集的寓言成分也是很浓的。如日本学者樽本照雄先生在谈到《老残游记》初集和《老残游记》二集关系时指出：“虽然在初集和二集之间，夹有一个序，但从叙述上看，二者前后贯穿，一脉相承，并不是没有联系的。”[2]《老残游记》的初集和二集是一个整体，内部结构紧密，因此必须充分认识二集自序在《老残游记》中的特殊功能，只有这样，才能进一步地理解和认识初集中的寓言成分。在以往的研究中，大部分的学者均肯定了初集第一回的寓言功能，问题是，《老残游记》是借老残的游历为线索写老残的耳闻目睹，为什么偏偏要把寓言故事冠于全书之首，并且写一个黄瑞和的寓言不够，还要再写危船一梦的寓言呢？这就不能不引起我们的注意。其实，刘鹗不想让“叙景状物，时有

[1]　夏志清《〈老残游记〉新论》，刘德隆、朱禧、刘德平《刘鹗及老残游记资料》，四川人民出版社1985年版，第477页。
[2]　樽本照雄《试论〈老残游记〉》，刘德隆、朱禧、刘德平《刘鹗及老残游记资料》，四川人民出版社1985年版，第496页。

可观”[1]的游历冲淡他的忧患意识和批判倾向，而是要借对黄瑞和的医治和给怒海危船送上一只罗盘发泄自己的身世之感、家国之感、社会之感，来透露其创作的深层意图。

其实，何止初集的第一回是寓言，玉贤、刚弼两个清官的故事也应该视为寓言。玉贤为了讨好上司，急于事功、残忍酷烈，乃至于衙门前的12个站笼整死百姓无数，很有意味的是，偏偏是这样的人通过“万家流血顶染腥红”的手段当上了大官。刘鹗在写玉贤的故事情节时，有意识地运用了寓言的时空观念。首先，引领作者跟随老残先闻其贤名，然后，写老残贴近玉贤的过程，通过这一贴近的过程，由远及近，由表及里地展示玉贤的真面目，并对其酷烈的言行反复地强调，进而恰到好处地运用“苛政猛于虎”（《礼记·檀弓下》）的寓言故事（第六回），升华出强烈的寓言意识和鲜明的批判色彩，赋予玉贤的故事以深刻的社会意义和深广的社会概括力。对于刚弼的草菅人命，刘鹗从刚弼不贪恋钱财、设圈套严刑逼供入手，来审视整个社会、透视人的心灵，将清官治下的人民悲苦生活展示出来。在刚弼的治理下，无辜的百姓被斩首，有罪的恶人逍遥法外。因而刘鹗愤然写道：“赃官可恨，人人知之，清官尤可恨，人多不知。盖赃官自知有病，不敢公然为非；清官则自以为不要钱，何所不可？刚愎自用，小则杀人，大则误

[1] 鲁迅《中国小说史略》，《鲁迅全集》第9卷，人民文学出版社1981年版，第289页。

国。”（第十六回自评）从这一意义上讲，刚弼的故事同样带有强烈的寓言色彩。一般认为，刘鹗笔下的玉贤、刚弼是有原型的，主要取自于现实生活中的真人真事，尽管如此，这并不妨碍其故事的升华，解构这两则故事，不难发现它们的寓言性与讽喻性是联系在一起的。

申子平进桃花山是《老残游记》最为精彩的寓言。在叙述申子平的故事时，刘鹗先中止了老残的游历，别开生面地去写桃花山，并给桃花山披上一层神秘的色彩。在描写中，刘鹗以陶渊明的《桃花源记》为桃花山的蓝本，以桃花源为寓言的知识背景，以桃花山寄托其政治理想。特别值得注意的是，刘鹗通过转换叙述视角，借助于桃花山有意识地宣传了太谷学派的教义，进而表明他与太谷学派的关系。一般认为，山中辩论游离于《老残游记》的主题。其实，山中辩论是《老残游记》的有机组成部分，这一内容不仅仅是宣传了太谷学派的教义，更重要的是通过哲理的议论来表现刘鹗的思想倾向，宣扬刘鹗本人的政治观。如刘鹗用很浓的寓言意味写道：“儒、释、道三教，譬如三个铺面挂了三个招牌，其实都是卖的杂货，柴米油盐都是有的。不过儒家的铺子大些，佛、道的铺子小些，皆是无所不包的。”（第九回）在这里，或许刘鹗认为，让老残这一刘鹗本人的化身去桃花山参加“山中辩论”有所不便，故让申子平代替老残进山，并借助于申子平去传播太谷学派的思想。此举可谓是用心良苦。或许是刘鹗怕读者不懂包含的深刻内容，同时又担心写得太露太直白，因此他花了较长的篇幅反复讲了阿修罗与上帝争战的寓言（第十一回）。仅此还嫌不够，刘鹗又借黄龙子之口说："《西游记》是部传道的书，满纸寓言。"其实，所谓"传道"就是指宣扬某种政治观点。在这里，作者宣扬的既不是儒家的观点，也不是佛家和道家的观点，而是借助于寓言这一载体来表达自己对中国前途和命运的探索，来全面地宣扬自己的改良主张。可以说，申子平进桃花山辩论一事曲折地表达了一个生于中国专制社会末世的知识分子的心声。然而，由于刘鹗自身的局限，他只能把这种主张的失败归结于人生一梦，只能以无限的感慨来抒写不平的心境。

从大的方面讲，《老残游记》虽然是以老残的游历为叙述视点的，但由于叙述的宗旨是为了传达刘鹗本人的社会责任感，因而，寓言既是《老残游记》必不可少的结构，同时也承担了刘鹗的忧患意识。在刘鹗看来，寓言能把他的人生感喟发挥得淋漓尽致。因此，为了让寓言在他作品中占有中心地位，往往根据寓言意义的需要中断或延续老残的游历，《老残游记》在结构的拓展遂在不自觉的状态中打破了原先的叙事方法，开始用移换形的"游记"笔法为显现其新的思想服务。

过去，人们习惯于注意"危船一梦"象征意义以及在全书中的结构意义，从而或多或少地忽略了老残为黄瑞和治病的故事。其实，老残为黄瑞和治病与"危船一梦"的情节一样，同样具有寓言的功能。可以说，这两则别有意味的寓言提高了

《老残游记》的叙述质量，从而使这部寓言体小说具有浓厚的象征性、哲理性和政治性。如在作者的表达中，危船隐喻多灾多难的中国，波涛汹涌的大海隐喻动荡不安的时局，由于这种隐喻性的存在，遂使梦中的大海危船传达了刘鹗对中国前途和命运的担忧。如写在洪波巨浪中伤痕累累的大船，实指遭列强瓜分已处在岌岌可危境地的中国。那八个彼此不相关照的管帆之人，暗指治理国家的大臣们各自为政。那些只顾搜刮船上男女手中干粮和衣服的水手，则象征鱼肉百姓的贪官污吏。至于三人送上大船的外国罗盘，暗寓要学习外国的科学技术，以此为国家大政方针引导大船（国家）顺利靠岸。可以说，危船一梦具有强烈的象征性、哲理性和政治性。

与之相应，老残为黄瑞和治病的情节也具有很强的象征性、哲理性和政治性。从寓言叙述的内容看，黄瑞和隐喻了中华民族的母亲河黄河，由此展开，老残为黄瑞和治病实际上是讲如何医治民族的创伤，以治病成功建立作者对国家对民族前途一片光明的信念。如黄瑞和染上怪病后“每年总要溃几个窟窿”（第一回），针对黄瑞和的怪病，老残提出别的病只需用神农、黄帝之法，此病须用大禹之法的方案，以此表明要想彻底地医治必须用疏导的方法才能排除身上的毒素，进而隐喻应由传说中的圣君治理中国的玄想。在这里，刘鹗明确地表达了用传统的治疗方法即由神农、黄帝治疗是不能解决问题的想法，认为要想彻底地医治，应有一个强有力的君主来实施新法。具体地讲，这样的君主就是传说中的治水英雄大禹。从这一意义上讲，老残为黄瑞和治溃烂病实际上是在抒发刘鹗以天下为己任的雄心壮志。一般认为，刘鹗书写老残为黄瑞和治病的情节与他的生活经历相关。刘鹗精通医学，早年又有治理黄河成功的经历。由于这样的缘故，许多研究者大都注意到老残为黄瑞和治病的情节与刘鹗生活经历的一致性，因而不能进一步发掘隐含在这背后的深层内涵。

如果说“危船一梦”是在传达刘鹗的忧患意识和民族的危机感，给人以警示的话，那么，老残为黄瑞和治病则表现了作者理想主义的内容，希望有一个强有力的贤君来治理中国。可以说这两则寓言具有同一性，共同担当了刘鹗忧国忧民的政治思想。问题是，为什么人们的注意力大都集中在危船一梦上呢？其根本原因在于：首先，“危船一梦”是刘鹗着力渲染的重点，集中地反映了他的政治见解，可谓是他的得意之笔，故其篇幅几倍于老残为黄瑞和治病。其次，从叙述的角度看，叙述“危船一梦”的情节在前，为黄瑞和治病在后，因阅读时常有先入为主的习惯，特别是危船一梦直接承担了刘鹗关注社会危机的忧患意识，因此人们更愿意关注危船一梦的象征意义。其三，人们习惯上把老残为黄瑞和治病的寓言与刘鹗治理黄河的经历联系在一起，因而自然而然地放松了对老残为黄瑞和治病这一寓言的底蕴的追求。

《老残游记》的寓言除了具有显著的象征性外，其哲理性也是不容忽视的方面。如果说“危船一梦”、老残为黄瑞和治病带有强烈的哲理意味的话，那么，玉贤、刚弼的故事也具有鲜明的哲理性。在叙述中，刘鹗一反晚清小说批判贪官的常态，把矛头对准了所谓廉洁的清官。从小说史的角度看，明清两代揭露清官罪恶的小说时有佳作，如冯梦龙《古今小说》中的《滕大尹鬼断家私》，袁枚《新齐谐》中的《真龙图变假龙图》，但就批判和揭露的深广性方面来说，应首推《老残游记》。在叙述中，刘鹗通过玉贤酷厉地任意用站笼草菅人命的表现，深刻地揭示了逼民为盗的哲理；通过刚弼自以为不要钱即可主观断案、严刑拷打无辜百姓的行为，揭示了官民之间的对立，从而把清官可恶的行径加以暴露。

特别需要注意“摇串铃”的警世作用。刘鹗在自评中说：“举世皆病，又举世皆睡。真正无下手处，摇串铃先醒其睡。无论如何病症，非先醒无治法。具菩萨婆心，得异人口诀，铃而日串，则盼望同志相助，心苦情切。”（第一回）作者在这里生怕读者不懂，自道摇串铃不仅仅是老残游历江湖行医的道具，而且是催众人惊醒的警世钟。正因如此，刘鹗才将摇串铃作为贯穿于全书的道具，让它发挥出异常的威力，让它作为老残为黄瑞和治病，发现玉贤、刚弼劣迹的媒介和见证，并通过它让老残在游历的过程中去发现晚清社会的痼疾的来源。

刘鹗在自叙中写道：“《离骚》为屈大夫之哭泣，《庄子》为蒙叟之哭泣，《史记》为太史公之哭泣，《草堂诗集》为杜工部之哭泣；李后主以词哭，八大山人以画哭；王实甫寄哭泣于《西厢》，曹雪芹寄哭泣于《红楼梦》。王之言曰：‘别恨离愁，满肺腑难陶泄。除纸笔代喉舌，我千种想思向谁说？’曹之言曰：‘满纸荒唐言，一把辛酸泪，都云作者痴，谁解其中意？’”这段话明确地交待了作者创作《老残游记》时的心态，表现出鲜明的政治倾向，甚至可以说《老残游记》不是仓促之作，也非仅仅为接济连梦青而作，而是经过长期积累的深思熟虑之作。这些无庸赘述，读者一看就明。问题在于作者

自叙
婴儿堕地，其泣也呱呱；及其老死，家人环绕，其哭也号啕。然则哭泣也者，固人之所以成始成终也。其间人品之高下，以其哭泣之多寡为衡。盖哭泣者，灵性之现象也，有一分灵性即有一分哭泣，而际遇之顺逆不与焉。马与牛，终岁勤苦，食不过刍秣，与鞭策相始终，可谓辛苦矣，然不知哭泣，灵性缺也。猿猴之为物，跳掷于深林，厌饱乎梨栗，至逸乐也，而善啼；啼者，猿猴之哭泣也。故博物家云：猿猴，动物中性最近人者，以其有灵性也。古诗云：“巴东三峡巫峡长，猿鸣三声泪沾裳。”其感情为何如矣！灵性生感情，感情生哭泣。哭泣计有两类：一为有力类，一为无力类。痴儿騃女，失果则啼，遗簪亦泣，此为无力类之哭泣；城崩杞妇之哭，竹染湘妃之泪，此有力类之哭泣也。而有力类之哭泣又分两种：以哭泣为哭泣者，其力尚弱；不以哭泣为哭泣者，其力甚劲，其行乃弥远也。《离骚》为屈大夫之哭泣，《庄子》为蒙叟之哭泣，《史记》为太史公之哭泣，《草堂诗集》为杜工部之哭泣；李后主以词哭，八大山人以画哭；王实甫寄哭泣于《西厢》，曹雪芹寄哭泣于《红楼梦》。王之言曰：“别恨离愁，满肺腑难陶泄。除纸笔代喉舌，我千种想思向谁说？”曹之言曰：“满纸荒唐言，一把辛酸泪，都云作者痴，谁解其中味？”名其茶曰“千芳一窟”，名其酒曰“万艳同杯”者：千芳一哭，万艳同悲也。吾人生今之时，有身世之感情，有家国之感情，有社会之感情，有种教之感情。其感情愈深者，其哭泣愈痛：此洪都百鍊生所以有《老残游记》之作也。棋局已残，吾人将老，欲不哭泣也得乎？吾知海内千芳，人间万艳，必有与吾同哭同悲者焉！
丙午之秋洪都百鍊生

◎ 刘鹗《老残游记·自叙》书影
（上海百新公司 1916 年版）

为什么在自叙中反复强调“哭泣”，而且又花如此多的笔墨反复强调中国历史上的哭泣。其根本原因就在于：“吾人生今之时，有身世之感情，有家国之感情，有社会之感情，有种教之感情。其感情愈深者，其哭泣愈痛：此鸿都百炼生所以有《老残游记》之作也。”作者在这里明白地向我们剖白他的心迹，即《老残游记》是感时伤乱的发愤之作，但面对着大清朝的日薄西山，他感到无力回天，故深深地感受到、经历着像李后主、朱耷和庄周时代的环境，面对无可奈何的局面发出哭泣，然而，作者毕竟有着富国富民的壮怀，因而又以屈原、杜甫等爱国诗人自许。

在中国寓言史上，可以说每一个时代都有每一个时代的艺术特征。先秦寓言借寓言的力量来宣传诸子的哲学、政治主张，西汉寓言对君主的劝戒，唐宋寓言的讽刺功能，明清寓言的诙谐发人深省，它们共同构筑成了一条宏伟绚丽而曲折变化的艺术长廊，无不给《老残游记》以启迪。但必须指出的是，这些寓言批判社会的深广皆不如《老残游记》。从寓言的形式方面讲，刘鹗受先秦哲理寓言的影响较深，先秦寓言作为诸子论说文的一个部分，其目的是在阐发自己的哲理和政治主张，这一点上，《老残游记》与诸子寓言是相通的。特别是《老残游记》对《庄子》寓言的推崇更能证明这一点。从纯文学的角度来看，把《老残游记》直接写成一部寓言体的小说，应该说是刘鹗对通俗小说的一大贡献。一方面，它摆脱了前人的窠臼，进行了独自的艺术创造；另一方面，他又发展了寓言的寄托方式，直接把胸中的愁苦发泄出来。

即使同唐宋时的讽刺寓言相比，《老残游记》也有它独到的艺术魅力。虽然唐宋时寓言从论说文中解放出来，开始成为作家抨击丑恶的文学样式，但由于篇幅短小，往往是流于一般性的批判。如柳宗元的《三戒》仅仅局限于一事一议，虽然概括力较强，但在社会深广性的批判上往往显得较为单薄。而《老残游记》则不同，作者的批判锋芒主要集中在整个社会，从大处落笔，把握整个时代的命运，写出了一个处于末世的知识分子的心声，直接从“我”的参与写起，因而更能给我们一种贴近感。

同明清诙谐寓言相比，《老残游记》的时代色彩更为鲜明，它使我们直接面临着一场社会危机，给人以沉痛之感，去思索这场危机的社会根源。可以说他的客观意义突破了时间和空间的限制，经久弥新。

此外，《老残游记》作为一部寓言体的小说，在结构安排上也显示出作者非凡的才能和艺术功力。首先，他以老残的游历为中心把不同的寓言紧密地连结在一起，表现出它们不同的批判意识。其次，它的各个寓言既有独立存在的价值，又统一在一起，表现出共同的内容，从而加深了忧患意识。其三，用如此大的篇幅，集中如此的笔墨，把一切囿于个人的见识中，这不能不说是它的一大艺术特色。

刘鹗在《老残游记》初集以“梦”开篇，在二集以“梦”结束（虽然《老残游记》是未竟之作，但由于无法知道以后的结局，故这样提出），恰好形成了一个环形的结构，可以说“梦”是《老残游记》最为精彩的一笔，无论是“危船一梦”，还是老残游地府都是对庄生梦蝶的化解。如果说“危船一梦”着重表现对社会危机之感，那么，老残梦游地府则成功地写出老残在游历中、批判中寻找自我的心灰意冷。因为他无力挽回江河日下的局面，即使对玉贤的真实面目进行了揭露，但他寄予希望的张宫保为保自己的官和声誉还是充耳不闻；即使刚弼草菅人命案得到改正，但刚弼依旧逍遥法外，而老残只能凭自己微薄之力救活十三个人的性命。这对于老残来说未免刺激太大，因为梦与现实毕竟距离太大，因而他只能在梦中求得幻想、求得平安，只能借桃花山一节去追求理想国，这也就难怪刘鹗要发出人生如梦的感慨了！

刘鹗的《老残游记》是一部寓言体的政治小说。它在中国文学史上留下了光辉的一页，在以往的研究中，人们在不同程度上忽视了它的寓言功能。

# 后　记

一年周始，春生、夏繁、秋成、冬藏，生生不息的大自然永远把起点当作终点，又永远把终点当作起点。如果我们任意择取一个点，沿着既定的曲线作圆周运动，都可以悄然地回到原点。

大自然真奇妙！

当时间匆匆过去时，我相信：主体世界中的个体都希望能像自然运动那样，周而复始地获得新生，并且用无比珍惜的心情去弥补过去的缺陷或失误。可是，人类无法选择大自然的生存方式，因此，只会在“逝者如斯”的情景中面对奔腾远去的江河，在时间的流逝中反省和叹息，并在愧悔中盼望有打头重来的机会。

一切都是徒劳的。

大自然留给个体的思考是，珍惜时间就是珍惜生命，珍惜生命才能在有限的时间里实现有意义的活动，才能为他人做更多的事，才能在有限的时空中实现个体的价值。

那是深秋的季节，在北京大学参加“中国经典文献诠释艺术学术研讨会”，会上遇到老友陈虎兄。虎兄正主持一项研究计划，希望我能参加，考虑到正忙于点校王锡祺的《山阳诗征续编》和写作《中国运河与漕运研究》等，虽有心参与但只能婉言谢绝。第二年的夏天，到长春开会，又与虎兄不期而遇。虎兄再次提起旧事。我为朋友间的信任和真挚所感动，便自不量力地答应了。于是，有了这本《明清小说》。

在很长的时间里，我的兴趣已转移到中国传统文化及先秦两汉学术史研究方面，掐指算来，告别明清小说研究领域已有二十多个年头。萧相恺先生希望我重返小说领域，我深知，人生有涯，虽有心多干些事，如曾萌发将小说研究旧稿勒成一编的想法，但一直举棋不定。后来，在研究运河漕运时，注意到运河与明清小说的关系，注意到运河与坊刻业及明清小说刻印的关系。这时，才激发我重新回到小说研究行列的念头。为此，我要真心地感谢虎兄！没有虎兄的鞭策，我怎么会再重操旧业呢？

用图文并茂的方式写一本书，对我来说，是新的尝试。现在是读图时代，西方早就开始这样做了，受其启迪，国内出版社也进行了这样的开拓。我想，这种方式或许能改变学术著作发行量低下的情况。

这本小书是我与范新阳博士合作而成的。文字部分由我撰写，图片由范新阳博士负责翻拍。还需要交待的是，范新阳博士撰写了部分文字，因不合体例，或与大纲不相吻合，故只能忍痛删去，相信他以后会将这些旧稿整理出来并发表。

张　强

2021年8月